TRÊS NOVELAS CASADAS
ou
Só para loucos

Editora Appris Ltda.
1.ª Edição - Copyright© 2023 do autor
Direitos de Edição Reservados à Editora Appris Ltda.

Nenhuma parte desta obra poderá ser utilizada indevidamente, sem estar de acordo com a Lei nº 9.610/98. Se incorreções forem encontradas, serão de exclusiva responsabilidade de seus organizadores. Foi realizado o Depósito Legal na Fundação Biblioteca Nacional, de acordo com as Leis n°s 10.994, de 14/12/2004, e 12.192, de 14/01/2010.

Catalogação na Fonte
Elaborado por: Josefina A. S. Guedes
Bibliotecária CRB 9/870

E538t
2023
	Emicles, Jorge
	   Três novelas casadas ou só para loucos / Jorge Emicles. – 1. ed.
	Curitiba : Appris, 2023.
	   83 p. ; 21 cm.	

	ISBN 978-65-250-4598-6	
	1. Ficção brasileira. 2. Hesse, Hermann, 1877-1962. O lobo da estepe. I. Título.	
		CDD – B869.3

Editora e Livraria Appris Ltda.
Av. Manoel Ribas, 2265 – Mercês
Curitiba/PR – CEP: 80810-002
Tel. (41) 3156 - 4731
www.editoraappris.com.br

Printed in Brazil
Impresso no Brasil

JORGE EMICLES

TRÊS NOVELAS CASADAS
ou Só para loucos

Appris editora

FICHA TÉCNICA

EDITORIAL	Augusto Vidal de Andrade Coelho
	Sara C. de Andrade Coelho
COMITÊ EDITORIAL	Marli Caetano
	Andréa Barbosa Gouveia (UFPR)
	Jacques de Lima Ferreira (UP)
	Marilda Aparecida Behrens (PUCPR)
	Ana El Achkar (UNIVERSO/RJ)
	Conrado Moreira Mendes (PUC-MG)
	Eliete Correia dos Santos (UEPB)
	Fabiano Santos (UERJ/IESP)
	Francinete Fernandes de Sousa (UEPB)
	Francisco Carlos Duarte (PUCPR)
	Francisco de Assis (Fiam-Faam, SP, Brasil)
	Juliana Reichert Assunção Tonelli (UEL)
	Maria Aparecida Barbosa (USP)
	Maria Helena Zamora (PUC-Rio)
	Maria Margarida de Andrade (Umack)
	Roque Ismael da Costa Güllich (UFFS)
	Toni Reis (UFPR)
	Valdomiro de Oliveira (UFPR)
	Valério Brusamolin (IFPR)
SUPERVISOR DA PRODUÇÃO	Renata Cristina Lopes Miccelli
ASSESSORIA EDITORIAL	Priscila Oliveira da Luz
REVISÃO	Mateus Soares de Almeida
	José A. Ramos Junior
PRODUÇÃO EDITORIAL	Bruna Holmen
DIAGRAMAÇÃO	Renata Cristina Lopes Miccelli
CAPA	Sheila Alves
REVISÃO DE PROVA	Isabela Bastos

TEATRO MÁGICO

ENTRADA SÓ PARA OS RAROS

SÓ PARA LOUCOS

Ouça: "A maioria dos homens não quer nadar antes que o possa fazer". Não é engraçado? Nasceram para andar na terra e não para a água. E, naturalmente, não querem pensar: foram criados para viver e não para pensar! E quem pensa, quem fez do pensamento sua principal atividade, pode chegar muito longe com isso, mas sem dúvida estará confundindo a terra com a água, e um dia morrerá afogado.

(Hermann Hesse, 2020)

PROLEGÔMENO

É de Umberto Eco a lição de que "um escritor não deve oferecer interpretações de sua própria obra"[1]. Essa é tarefa do leitor por meio das interações subjetivas provocadas pelo texto. Do contrário, talvez a literatura nem pudesse ser arte, porque qualquer obra só estará acabada quando fizer sentido ao seu receptor. Por isso, sempre será desafiador apresentar uma nova obra ao julgamento do leitor.

Nesse caso, a ideia que teve o autor foi a de escrever três miúdas novelas, que poderiam ser lidas e compreendidas isoladamente. Logo, não estamos aqui propriamente diante de uma única história, mas de três, que, contudo, em seu conjunto, se completam, formando um sentido mais amplo do enredo. Como podem ser lidas e compreendidas isoladamente, também poderão ser lidas em qualquer ordem. Por isso, nada impede o leitor de ler as novelas em ordem reversa ou de qualquer outra forma. Talvez, quiçá, a leitura em ordem variada até mesmo possa revelar outras compreensões ao leitor, o que só enriquecerá o trabalho apresentado enquanto a arte literária que se pretende ser. Se realmente é assim, somente o leitor poderá dizê-lo.

O autor mesmo as escreveu da última para a primeira. Não sabia bem o que estaria por vir. A inspiração o convidava a falar da solidão e do amor romântico; a refletir a respeito da necessidade inata no ser humano de não estar sozinho. Há um intuído espírito de grupo que une a humanidade inteira, por mais que pululem exemplos de desagregação da espécie, como a distinção entre raças, credos e nações. Ainda assim, a pujante força gravitacional da cultura não consegue apagar essa busca fraterna pela unidade. Ao mesmo tempo, a jornada de cada um enquanto indivíduo é marcantemente solitária. Há uma solidão inata que nos habita. A vida mesma talvez seja um grande experimento de solidão, no qual, apesar de eventualmente nos encontrarmos uns com os outros, sempre haverá o tempo da separação. Seja a separação da pequena morte da desilusão

---

[1] ECO, Humberto. *O nome da rosa*. Rio de Janeiro: Record, 2022. p. 646.

amorosa; do mundo sofregamente construído que desmorona com a separação do casal; seja mesmo a morte física (talvez, quem sabe, a grande Morte, escrita com "m" em maiúscula, de que nos fala José Saramago em seu Intermitências da Morte). No fundo, sempre estaremos sozinhos em nossa jornada de volta ao paraíso simbólico, do Éden, da integração ao Criador ou da contemplação eterna, não importa.

Foram essas as reflexões básicas que conduziram o autor durante a criação das três novelas, que bem poderiam ter sido apresentadas isoladamente ou em meio a outros textos de matizes diferentes. Mas elas foram criadas em conjunto, inconscientemente unidas por uma trama sutil, talvez nem sempre evidente para o leitor, mas ainda assim presente nos entretextos. Poderiam ser distintos os personagens das três histórias, coincidentemente nominados pelo mesmo apelido. Poderia também dar nomes diferentes ao personagem principal nas três novelas, o que mais ainda fortificaria a ideia de serem histórias autônomas. O nome comum dos personagens pode deixar claro se tratar do mesmo personagem antes e depois de morrer ou até que a ordem da história não é a proposta pela cronologia dos textos. Tudo também faria sentido se fosse invertida a ordem de sua apresentação.

Nisso há uma sutil inspiração na obra de Julio Cortázar, em seu Jogo da amarelinha. O portenho apresenta esse clássico com uma séria de capítulos prescindíveis, mas não inúteis. É possível conhecer o enredo da história lendo apenas os capítulos principais, mas a riqueza poética da obra está bem mais presente nos capítulos dispensáveis. Mesmo por isso, não poderiam, afinal, ser prescindíveis. Não ousaria construir capítulos prescindíveis, porque talvez todos eles o sejam (a depender do julgamento do leitor), mas nos foram inspirados na ideia de que a ordem dos textos não precisará ser rígida, de sorte que o começo, o meio e o fim da história possam ser embaralhados e apresentados de outra forma. A vida começa realmente quando nascemos ou não seria a morte a passagem para a vida verdadeira e plena da imortalidade da alma? Porque é "morrendo que se vive", já nos ensina a oração de São Francisco de Assis. São essas algumas das reflexões a que se tenciona conduzir o leitor.

Já o título é inspirado na obra de Hermann Hesse, O lobo da estepe, na parte em que o personagem é advertido de que o Tratado do Lobo da Estepe era destinado só para loucos. Não é propósito discutir as razões nem o conceito de loucura, no que pese a pertinência do tema. Muito menos é pretensão desestimular o leitor são a enfrentar o texto. O sentido é o de atiçá-lo a uma leitura mais livre das três novelas, convidando-o a enxergar o mundo por outros óculos talvez diferente daquilo que já esteja inculcado na compreensão pessoal de cada um. Depois da derradeira página, sem quaisquer danos, todos poderão voltar ao mundo das normalidades no qual já estão educados. Deseja-se que seja assim, pelo menos.

Tudo isso e muito mais poderá vir à consciência do leitor ao longo da experiência literária. Também nada poderá vir. Agora, esse é o momento em que o autor nada mais poderá fazer senão se entregar ao julgamento suave ou rigoroso do senhor leitor. Desejamos boa sorte a todos nós.

Boa leitura!

Jorge Emicles

SUMÁRIO

EXPERIMENTO DA SOLIDÃO 12
- I 13
- II 17
- III 19
- IV 21
- V 23
- VI 26
- VII 28
- VIII 30
- IX 33

O infinito Em Si Mesmo 35
- I 36
- II 38
- III 40
- IV 42
- V 45
- VI 48
- VII 51
- VIII 53
- IX 57

Quando ela veio 59
- I 60
- II 62
- III 64
- IV 66
- V 69
- VI 72
- VII 75
- VIII 77
- IX 81

Experimento da solidão

I

    Tudo teve início sem sobressaltos ou qualquer forma de aviso. Era uma manhã aparentemente igual a todas as outras: clara, quente e triste. A solidão do quarto e de todos os móveis da velha construção, outrora tão agitada e de aparência feliz, era também a de sempre, assim como o café de péssimo preparo e o pão adormecido com a manteiga da pior qualidade. Nada pressagiava o que estava por se dar.

    Naquele dia Miguel ainda não sabia bem que os mortos andavam, comiam e cagavam como os vivos, assim como que em geral não sabiam da sua condição mórbida. Mas disso só ficou ciente bem depois, porque exatamente naquela data saiu a explorar as ruas desertas da cidade em um domingo qualquer esquecido no infinito da eternidade. Era uma manhã tão monótona e deserta que é bem provável que até mesmo Deus houvesse se esquecido daquela fração de tempo azeda e pueril.

    E, de fato, era tão medonhamente deplorável aquela manhã que foi possível sentir a tristeza rondando por todos os recantos daquele vazio de pessoas. Cada pedra de paralelepípedo tanto era indiferente e rude em face da pressão exercida pelo corpo que a oprimia quanto exalava a esmagadora dor que habitava a todos os passantes que lhe antecederam. É como se dissessem o quanto o seu próprio sentimento e solidão são desimportantes diante de todas as agruras dos milhões de viventes que os precederam. Sentia as suas dores, assim como as razões delas, o que, para além de o deixar cônscio da desimportância de si próprio, o fazia padecer da mesma angústia deles.

    Não é possível descrever por palavras a sensação terrível de sentir o padecimento do que não lhe pertence. Mas essa experiência certamente ajuda a compreender o quanto serão sempre inúteis as tentativas humanas de exercitar a empatia, porque, por mais sincera que seja a intenção, jamais será possível sentir a dor pelo outro. Mesmo o mais elevado ato de caridade não possibilitará jamais o sentimento do sofrimento alheio, afinal, os sentimentos que nos povoam serão sempre patrimônios personalíssimos e não compartilháveis. Embora possamos ter consciência de que nosso irmão sofre, a verdadeira dimensão de sua dor será sempre imensurável.

Somente a onipotência de Deus será capaz de suportar incólume o peso da consciência de tudo quanto há. As sensações que iniciaram Miguel a experimentar aquela manhã eram infinitamente menores que a onisciência propriamente, porque os sentimentos alheios que apreendia eram um por vez, jamais a ciência do Todo. Porém, foi o suficiente para compreender que saber de tudo é impossível para um indivíduo humano, porque é uma sensação que esmaga e destrói a sanidade. Há sofrimentos em excesso no meio dessa raça de viventes. Saber de tudo, especialmente a um só tempo, seria uma experiência tão terrificante que aniquilaria qualquer que fosse a forma de existência. Nenhum espírito humano, por mais imortal que fosse, jamais seria capaz de não se destruir diante de força tão insuportável.

Só então, diante de experiência limitada, embora tão intensa e vívida em tal dimensão que ao mesmo tempo beirou à insuportabilidade, foi que se deu conta do tamanho da pressão que haverá de ter caído às costas do Cristo na cruz, porque, ao mesmo tempo que era o Deus, ciente de todas as coisas, de todos os tempos e de todos os lugares, era igualmente humano, infinito e ínfimo de uma só vez e, na condição de homem, não se permitia ser esmagado pelo incessante peso dos sentimentos de todos os homens, de todos os lugares, sejam os do passado, sejam os do futuro.

Se a humanidade já sofreu dores insuportáveis e indizíveis, pranteando as lágrimas da injustiça, da desilusão, do pavor, da tortura e de tantos mais nomes que se puder dar à dor de qualquer perda, ainda mais haverá de padecer pelos tempos do futuro. Se todas as coisas não tivessem fim, até pareceria que especialmente esse padecimento não deveria haver. Ou será infinito o sofrimento da humanidade? Imagine então a humana carne de Jesus, dorida pelos pregos, submissa pela humilhação e ao mesmo tempo ele cônscio do terrível passado e do horrendo futuro que desabou e sempre desabará sobre a humanidade. Somente mesmo a grandeza de Deus para não ser esmagada diante do peso de tão infeliz raça de seres.

A cada passo que dava, fazia-se refratar em sua essência a consciência de mais de uma agrura, a de alguém que houvera pisado naquele ladrilho, se amparado em desespero nalguma parede que lhe estivesse próxima ou mesmo que por ali tivesse passado silencioso e dissimulado, mas cuja dor lancinante não deixará jamais de sentir.

Assim, aquele passeio que se pretendia despretensioso e comum foi transmudando-se em outro tenebroso e inconsistente. Algo totalmente desprovido da realidade, fazendo parecer que era um sonho. Sim. Só poderia mesmo ser um sonho aquele inconsistente experimento. A realidade dura e incisiva da matéria jamais permitiria aquela sequência de coisas: a cidade inteira, absolutamente todos os lugares pelos quais passava estavam desertos. Na vida desperta simplesmente não aconteceria de passear por tantas ruas e não encontrar nenhum vivente. Deveria haver algum passante na calçada defronte ou outro qualquer no parapeito da janela. Quando mirasse as janelas entreabertas das casas antigas, por certo seria possível observar a sombra que fosse de alguém em um daqueles compridos corredores tão característicos das construções daquela época.

Mas nada. Por mais que andasse e entrasse em becos, ruas largas, avenidas até, nenhum pé de gente se revelava diante de si. Mas, ao mesmo tempo, as pessoas não estavam ausentes, pois suas infinitas dores e parcas alegrias se apresentavam de maneira quase obscena, pois vinham sem arrodeio, com a secura da indiferença, como o mundo costuma impor sua realidade tanto aos fortes como aos fracos.

Algo, no entanto, dizia que não era nada de sonho aquilo, mas uma outra realidade, que, embora completamente desconhecida até então, sempre existiu encoberta pelas sombras do que conhecia como a única verdade possível.

As horas aparentemente passavam, mas o sol continuava apontando para o pino do meio-dia. Já havia andado tanto e nessa caminhada tinha descoberto lugares até então desconhecidos daquela cidade que, imaginava, conhecia tão bem. Estava tão distante do local de partida que se perdera, não tendo a menor noção que fosse de como encontrar o caminho de retorno. Porém, ainda assim, tinha a mais plena convicção de que não estava sonhando e que o estado de vigília não mais o salvaria daquela contrarrealidade. Pressentia que ali deveria habitar pelo tempo de um ou dois infinitos.

Foi assim que descobriu que os mortos não são recebidos em um túnel luminoso por fantasmas amigos e mestres ascensionados, mas jogados sem aviso num mundo de sombras, que é a verdadeira fonte da solidão perpétua que marca a existência de todos os viventes, jamais se apagando, por mais que as maquiagens e ilusões da vida material procurem camuflá-la.

É tudo exatamente igual ao nascer.

Como a maioria dos mortos, Miguel andarilhou em um deserto profundo, silencioso e triste, mas ao mesmo tempo cheio de pequenos e infinitos portais, miúdos o suficiente para não permitirem ter com os outros seres, porém de tamanho bastante para receberem as suas angústias. Mesmo com medo, permitiu-se seguir na caminhada, mesmo a achando insólita e desnecessária. Ficar seria tão angustiante quanto seguir e só por isso foi em frente.

II

Quantos mundos existirão e quantos lugares em cada um deles deverá haver? As tradições religiosas ensinam que, depois do passamento, somos levados a outros lugares, distantes, imateriais e distintos do que habitamos em vida. Seja o paraíso celeste, seja o inferno de Dante, sempre são lugares inacessíveis aos seres que se vestem de carne. Contudo, a milenar tradição hermética, misteriosamente vinculada aos tempos do apogeu de Atlântida, é profundamente contundente ao ensinar que todos os lugares, de todos os planos da existência, são na verdade um único lugar; talvez lugar algum, porque todo o universo nada mais é que um pensamento da Mente perfeita do Criador. O universo é mental.

Se as religiões não acordam sobre quantos céus há, a verdade é que eles são vários e a grande maioria dos espíritos os intuem. São infinitos mundos habitados por fagulhas de consciência de diferentes níveis, dos mais evoluídos aos inconscientes de si. Como na espiritualidade não há matéria, é a vibração dos pensamentos que atrai esses espíritos, conforme sua evolução. Os mundos involuídos são a maioria, mas há importantes focos de luz de poder tão firmes que são capazes de equilibrar toda a criação. Apesar de não existir o peso da matéria, o mundo espiritual é bem semelhante ao dos encarnados, onde as pessoas se associam em famílias ligadas por laços amorosos e de interesse comum, mas também trabalham em proveito da evolução de sua consciência, que significa a evolução da própria individualidade como criatura de Deus. Pois, como está registrado no milenar princípio hermético, o que está em cima é como o que está embaixo.

Por isso o lugar que Miguel percorreu era tão semelhante e ao mesmo tempo imensamente díspar do que habitou por anos tão bem contados naquele minúsculo planeta azul chamado Terra. Não imaginava que a consciência de si como indivíduo permanecesse exatamente a mesma depois do falecimento dos órgãos, pois algo plantado no seu subconsciente dizia que haveria um sono letárgico, que o paralisaria em consciência pela eternidade até um suposto juízo final em que a ressurreição o conduziria ao julgamento e daí à expiação eterna do inferno ou à sublimação sem fim do céu. Mas perceber-se como se ainda fosse gente de carne, vestido, amedrontado, sem compreender ao certo o lúdico estado em que estava, na expectativa de descobrir se seria um pesadelo ou um encontro alquímico, pareceu-lhe impossível demais para ser acreditado. Mas era.

Aos poucos foi compreendendo a ausência total de tempo e espaço, pois onde não há matéria, é inexistente a inteligência dessas duas dimensões tão absolutas em toda a vida encarnada. Só assim pôde entender o tanto que a matéria deturpa tudo na realidade. Só no mundo espiritual é possível perceber a dimensão de certas vibrações sutis. Ainda assim, esses mundos são extremamente semelhantes.

III

À medida que ia se adaptando ao novel estado, foi conseguindo perceber melhor a realidade à sua volta. Bem aos poucos, foi intuindo a existência de outros seres inteligentes à sua volta, a começar pelo seu Mentor. Foi esse quem, após chamar sua atenção por uma maneira meio hipnótica, energeticamente o fez se acalmar e, aos poucos, entrar em um estado de quietude e introspecção, voltando-se a si e compreendendo a si mesmo e sua verdadeira essência como jamais conseguiu na experiência da matéria. Esse estado o pôs em profunda reflexão, tornando-o capaz de analisar todos os feitos de sua vida, como se estivesse a observar um personagem distante e talvez até indiferente a si mesmo. Era o encontro com sua consciência e demorou um tanto até que compreendesse que se tratava do julgamento de si, feito por si mesmo. Seu carrasco mais severo, o magistrado mais rigoroso para impor sentença dura contra os malfeitos e leve na exaltação das qualidades, necessariamente imperfeitas ante a óbvia condição humana, era a sua própria consciência.

Não há Deus plácido ou irado; nem o eterno aguardo do juízo final para o julgamento de todos. É no agora e em face de nós mesmos que pesamos nossas vidas e daí tiramos necessárias lições sobre o quanto avançamos e o tanto que ainda precisamos pelejar no aprendizado da consciência do Todo, até conseguirmos paralisar o ciclo de idas e vindas entre o mundo da matéria e o do espírito, tornando-nos Um em Deus, penetrando e nos integrando à Perfeição do Criador. Mas é preciso nos purificarmos muito ainda no ciclo das ressurreições até atingirmos o superior grau de pureza exigido para esse grande ato. Para isso, é necessário repetirmos incontáveis vezes esse ciclo de ida e volta.

Desse estado de autoconsciência surge a compreensão dos avanços e das falhas. É preciso estudar como superar provações que se tornaram invencíveis na experiência extinta, mas também como potencializar os dons conquistados, para que possam melhor auxiliar nos momentos mais difíceis, e como seria possível avançar mais além do que já se conseguiu. E com isso também vem a compreensão da razão das coisas e de que não existem acasos, erros ou injustiças no plano Cósmico. Todas as coisas o são dentro de um plano maior, voltado sempre para criar oportunidades de aprendizado e crescimento. Só agora, olhando em perspectiva toda a sua vida, entendia que realmente todos os dias são de fato recomeços e novas chances de atingirmos os objetivos almejados quando ainda estamos no plano material. As coisas não são apenas porque são, mas também porque necessitam ser daquela maneira.

IV

No mundo dos espíritos, não existem conversas vocalizadas por órgãos de fala como ocorre em todas as sociedades humanas. Há intensa comunicação entre os espíritos que habitam esse mundo, porém desenvolvida por meio das sutis vibrações do pensamento. A aproximação e até a consciência de que existem outros seres à volta é imediatamente proporcional ao grau de evolução e sensibilidade de cada um. Os espíritos chamados mais evoluídos conseguem facilmente perceber e, quando querem, comunicar-se com outros de mesmo grau ou inferiores. Mas os espíritos inferiores só conseguem perceber os mais evoluídos quando esses desejam. É bem rigorosa a hierarquia celeste.

Embora jamais antes tivesse tido consciência da existência do seu Mentor, a harmonia de sua conexão e a profunda simpatia energética que o unia a Miguel denunciava se tratar de uma relação bem antiga. O Mentor era como um espírito protetor, que durante toda a vida na matéria assistiu e orientou Miguel em todos os seus passos, especialmente nas maiores dificuldades. Era dele a voz misteriosa que, sempre que necessário, lhe dizia coisas sábias e úteis, o fortalecia diante das angústias e sempre deixava antever um futuro promissor mais adiante.

Mentor era uma espécie de pai espiritual cuja missão era auxiliar no caminho da evolução de seu assistido. Todos os seres humanos têm um mentor, que variam em grau de evolução, de acordo com o espírito auxiliado.

Por isso foi bem fácil para Miguel travar conversa com Mentor, pois era como se fossem velhos amigos que mantinham um diálogo saudoso, cheio de velhas lembranças que remontavam a uma estada anterior daquele ser no plano da espiritualidade.

Miguel compreendeu com tranquilidade os acontecimentos de sua vida material, especialmente as razões dos sofrimentos e agruras enfrentados. Sabia que cada um daqueles momentos significava fracassos em sua caminhada rumo à purificação, que é o grande encontro com a Unidade e a Consciência criadoras, que chamam por Deus. Não compreendia, porém, a necessidade de tais provações. Pensava que seria mais eficaz se o Criador simplesmente educasse seus milhões de criaturas sobre como proceder e simplesmente as evocasse a se unir à sua perfeição. Não compreendia a necessidade de tantas dores e desencontros, convenhamos, a marca mais indelével de toda a história humana. Entendia que, principalmente quando presos na matéria, era necessária a existência de instituições que lembrassem incansavelmente aos homens sua condição de seres espirituais, adiantando-lhes ao máximo as revelações somente comprováveis depois da morte física. Porém, não atinava como poderia o Todo, necessariamente perfeito, admitir que tantas guerras santas tivessem vez. Por que tantos assassinatos em nome de Deus? Tudo o que enxergava na vida material do homem eram sistemas de dominação em que os mais fortes sempre subjugavam os mais fracos, espoliando, matando e escravizando. Sabia que tinha sua participação na maledicência do mundo, pois ele mesmo já praticara incontáveis malfeitos, a quem somente a si poderiam ser atribuídos, tal qual todos os males praticados do mundo necessariamente têm de ser atribuídos a alguém de carne, porém não conseguia se conformar com a não intervenção do Criador, como fazem os bons pais que impedem seus pequenos e inocentes filhos de praticar agressão contra um animalzinho indefeso.

Mesmo antes de chegar à condição de vivenciar o mundo espiritual, já compreendia e aceitava sua existência. Nunca fora nem cético nem materialista. Mesmo assim, não era ainda capaz de compreender as razões que impingiam a necessidade de tantas desventuras, dores e sofrimentos na jornada rumo ao conhecimento da perfeição e consequente integração final ao Criador.

V

Os mentores são seres espirituais formados da mesma essência de todos os demais espíritos. Já estiveram em carne e é grande a quantidade deles que precisará voltar ao chão barrento desse minúsculo planeta para completar sua jornada evolutiva. Têm uma compreensão mais ampla que os seus assistidos, o que não os torna perfeitos. Como todos os seres ainda não totalmente aperfeiçoados pelo processo evolutivo, também erram e, da mesma forma, são potencialmente capazes de praticar o mal. Unem-se a seus tutelados por afinidade vibracional, o que implica dizer que sua consciência de mundo é, de regra, bem próxima daqueles a quem auxiliam. Em geral, intuem para o bem, auxiliam na tomada de decisões importantes, embora nem tudo o que dizem seja a verdade. É um erro achar que os espíritos que habitam o mundo espiritual não estejam sujeitos ao erro ou mesmo ao engodo.

Em princípio, o Mentor achou positivos os avanços alcançados por Miguel na mais recente vida material. Bem sabia que deveria retornar para mais uma vez tentar superar as dificuldades e se portar diferente diante dos erros cometidos. Mas já chegava melhor do que quando partira, o que em si era um motivo de alegria e renovada esperança. Era um passo a mais na longa caminhada rumo à perfeição. Sentia-se responsável pelos acertos, mas também cúmplice pelos erros cometidos. A decisão quanto aos rumos tomados nunca era do que mentoreava, mas ele sempre tinha oportunidade de influenciar por meio da inspiração. Mesmo em carne, os espíritos são sensíveis à comunicação de seus mentores e Miguel conseguira já desenvolver uma boa sensibilidade para as comunicações espirituais. Recebia-as como uma vaga intuição, mas, com o tempo, passou a atribuir a devida importância a elas.

Mesmo assim, havia muitas coisas a serem aprendidas, de maneira que era necessário preparar um outro retorno de Miguel à matéria. Deveriam planejar que lições seriam apresentadas para o aprendizado futuro e por quais tipos de provações elas lhe seriam fornecidas. Havia muito que ambos deveriam meditar e decidir. Pelo pensamento, Mentor ponderou o seguinte a Miguel:

Não é tudo verdade o que dizem os textos iniciáticos e a doutrina espiritualista. Embora sejam a melhor preparação para a vida após túmulo, há várias imprecisões entre seus textos. Muitas vezes contradições entre uns e outros. Essencialmente, não é verdade que o conhecimento traz a felicidade; que a fonte para a paz profunda e a felicidade plena é pelo estudo da rica e quase infinita obra, que remonta à antiguidade clássica, quiçá a era de Atlântida. Mesmo aumentando aos poucos a consciência de nossa verdadeira essência individual, ainda assim o aprendizado e o enriquecimento espiritual que os estudos nos dão não nos libertam da angústia e do sofrimento. Ainda aqui no mundo espiritual não somos totalmente felizes, embora sempre estejamos melhor que na matéria.

Agora, é verdade que há vários planos no mundo espiritual. São os diferentes céus de que falam tantas religiões e tradições místicas. São as muitas moradas da casa do Pai de que falava Cristo. Eu mesmo não tenho consciência do Todo. Habito outro plano, ainda superior a esse em que estamos, mas estou ainda muito longe na árdua caminhada em busca da perfeição. Se você me vê como mestre é somente porque sua consciência ainda é menor que a minha. Mas há tanto, tanto mesmo que preciso e luto por saber. Lá no outro plano onde habito, também tenho uma vida, famílias afetivas já tão antigas que são quase esquecidas suas origens. Remontam a um tempo esquecido do planeta Terra. Mas no plano de lá também há muitas coisas que nos são irreveladas; lá também existem mistérios.

O que está em cima é como o que está embaixo. É verdadeiro esse princípio hermético. Por isso lá, onde habito, é igual a cá, que também é igual a acolá, no plano em que você estava até faz pouco. Mas lá é completamente diferente do cá e do acolá, pois suas vibrações são infinitamente mais sutis do que as de cá, o que transforma o lá em outra realidade. Ao mesmo tempo, todos esses lugares são um só e mesmo lugar. Para um homem de pouco conhecimento parecerá isso lugar nenhum, mas lugar nenhum não há.

O sentido de injustiça que carrega no peito é essencialmente fruto da sua ignorância dos planos superiores. Embora não tenha plena consciência disso, em muitas de suas viagens para fora do corpo de matéria que possuía foi até planos superiores a este, mas de lá só teve rápidos vislumbres. Mesmo assim, foi regalado por fabulosas inspirações, fontes de beleza e harmonia, como tanto te cantaram em vida corpórea. Imagina então que coisas ainda mais fantásticas e ricas não haverá lá e nos planos superiores. Então como pode julgar a obra do Criador sem nem mesmo ter a mínima intuição de sua grandeza e perfeição? Esse teu pensamento te torna não só ingênuo como também arrogante. Deve expiar pelo aprendizado essas falhas. E outras tantas, bem o sabe.

É preciso planejar com atenção como será tua próxima volta ao plano da matéria. No seu caso, já está próximo. Precisa voltar para a nova prova. Embora haja muito ainda o que aprender e aperfeiçoar, já são bons avanços acumulados. É necessário cuidado intenso na escolha de sua próxima experiência. Lembra-te que é na mesma medida em que a consciência paulatina da Grandeza da Obra nos permite liberdade de escolha que a responsabilidade por isso proporcionalmente aumenta.

É preciso primeiro refletir profundamente sobre isso.

VI

A humanidade é gregária sempre. Seja na matéria ou fora dela, os espíritos se buscam como uma necessidade de lembrar que do Um viemos e a Ele retornaremos. É essa a sina humana. Uma'nidade. Conforme a vibração de cada um, na espiritualidade existem várias comunidades; pessoas se relacionam umas com as outras; se formam famílias. Muitos dos entes queridos que haviam chegado antes estão entre eles. Nesse estágio de consciência, estreitam-se ainda mais os laços de afinidade com os mais próximos. Esses seres, conforme mereçam, são capazes de planejar juntos seu próximo retorno. Mas nem sempre o que planejam dá certo. Sempre se busca o amor, mas os desencontros geram mágoas, feridas que demoram a cicatrizar, principalmente entre os menos esclarecidos. A consciência diferenciada do mundo espiritual permite compreender melhor os motivos dos desencontros e daí o desafio de conseguir fazer melhor na próxima vez, praticando a essência da consciência de Deus, buscando a perfeição.

Nisso se formam amizades profundas e sinceras, que repetidas vezes se encontram num plano e noutro. Por essa vivência, aperfeiçoam-se individualmente, mas também se aproximam e irmanam a cada experiência, buscando sempre se auxiliar e estar próximo do outro. Há amores inexplicáveis, como o da avó por aquela netinha em especial; o da amizade repentina por um recém-chegado; da sensação de já conhecermos alguém de muito antes de quando nos avistamos pela primeira vez.

E, também, há o amor mais profundo de casal. De quem, mesmo sabendo ser individual a jornada evolutiva, prefere seguir em companhia de outro espírito, às vezes retardando a própria caminhada, sempre em bem da conquista mútua. Esses amores verdadeiros de casal podem se repetir entre diferentes vidas. Mas só quando forem sinceros, por isso ser um tanto raro que aconteçam.

Mesmo na solidão de sua individualidade, Miguel pôde ter com vários outros seres, alguns de quem tinha consciência de haver conhecido na vida extinta, mas também outros de quem não se recordava, mas, mesmo assim, que compreendia serem alguém de profunda afinidade. Um desses seres em especial o tocou profundamente, em quem percebeu uma estreiteza e intimidade desconcertantes. Foi com quem melhor compreendeu o amor mais sublime e perfeito. Conforme ia se acostumando àquela fabulosa criatura de Deus, compreendia de onde a conhecia. Era de uma vida ainda mais antiga, de quando se casaram e tiveram uma convivência harmônica e produtiva, sendo o tronco de uma vasta e rica descendência, no seio da qual retornaram em algumas outras vidas, sempre para se reencontrar, se casar e seguir passo a passo na longa caminhada evolutiva.

Mas na vida derradeira se desencontraram. Por isso estavam sequiosos por construir uma nova experiência em que outra vez pudessem se reencontrar e regozijar da singeleza pura e verdadeira da companhia um do outro. Conseguiam se amar com uma pureza tão profunda que necessitavam mesmo um do outro para terem paz e harmonia, como se já estivessem prontos para renunciar à própria individualidade para se metamorfosearem em um outro ser, distinto dos dois, formando uma outra individualidade.

Seria possível dois seres habitarem, não propriamente um mesmo corpo, mas, mais que isso, o mesmo espírito?

VII

A existência, seja na vida corpórea ou incorpórea, é sempre uma jornada de descobertas, com o específico propósito de elevar a compreensão do Todo. A Criação só poderá fazer pleno sentido quando todos os seus seres puderem ter consciência completa de sua dimensão e de seu significado. É esse o propósito de toda a jornada evolutiva. Precisamos todos, não apenas os seres humanos, mas todas as formas de individualidade, é necessário que cada parte tenha consciência da infinita dimensão da Obra completa. É para esse propósito a finalidade da existência.

A individualidade no plano da perfeição significa simplesmente uma fração da completude. Porém, deve ser tão perfeita e íntegra quanto o todo. Não é para o regozijo egoístico nem para o isolamento que essas individualidades são geradas, mas para se integrarem e servirem de componente da consciência total. É nesse nível de compreensão que o homem é Deus, porque, à medida que consegue se integrar à Obra, passa a ser parte da própria divindade. Para isso, contudo, deverá o homem renunciar à sua individualidade, pois, na mesma medida em que o ego nos protege da aniquilação enquanto ser individual, pensante e supostamente autônomo, alija-nos da comunhão com a consciência de Deus, que é a consciência do próprio Todo.

A vida acomodada, dentro do casal e da família, pacífica e sem sobressaltos, por mais prazerosa que seja, embora em muitas circunstâncias possa ser o porto seguro e necessário ao enfrentamento das enormes provações e dificuldades da existência, também poderá significar muitas vezes a renúncia ao progresso, a preguiça ou o temor de seguir adiante na busca do objetivo final da existência. E não progredir, estando apto, é mais pernicioso que o não progredir pela pura ignorância.

Diante do desejo egoísta daquele casal de contentar-se simplesmente com a união em si mesma, ao mesmo tempo que revela um amor de pureza inquestionável, também desvela o egoísmo da renúncia ao progresso e do não interesse em entregar-se ao passo final da jornada, que é a renúncia à individualidade antes da integração total à Consciência de Deus. No estágio da perfeição, o sentimento do amor é sem dúvidas infinitamente maior que o do amor entre dois, no seio do casal ou da família, mas, exatamente por sua infinitude, não restará mais espaço para a entrega a um ser, apenas. O exemplo de Cristo em não ter se unido sexualmente a nenhuma mulher, longe de ser um conselho ao celibato, é uma demonstração prática de que, no plano da perfeição do Todo, não será mais possível nem a individualidade nem a exclusividade de qualquer sentimento.

Embora positivos os avanços de Miguel em sua já longa e lenta caminhada, apesar da grandeza daquele sentimento que o unia à sua companheira de já várias jornadas terrenas, assim como da convicção que ambos guardavam de que apenas um bastaria ao outro, num exemplo fantástico da pujança desse sentimento, provando que o amor não se desvanece com a morte, mas permanece puro e intenso por toda a eternidade quando é verdadeiro — ainda assim, a jornada evolutiva impunha a necessidade não de renúncia a esse sentimento, mas de evolução dele, para que o amor incondicional a um indivíduo se transforme em amor absoluto primeiro a toda a humanidade, mas depois também a toda a criação. Somente assim chegaremos à consciência de Deus.

VIII

Mentor conduziu o casal a essas reflexões, pondo-os diante da realidade de que, por mais belo que fosse, o amor que os unia na verdade estava separando-os do caminho do crescimento individual, pois esse crescimento, cedo ou tarde, inexoravelmente os conduzirá à renúncia da individualidade e com ela à morte aparente do amor que sentiam um pelo outro. Mas a dor e a injustiça existiam apenas até que se compreenda a dimensão superior e necessária da renúncia. Se não tivermos individualidade, também não teremos desejos egoístas, pois o Todo, enfim, se apresentará como o Um. E aí, nosso único lugar possível será sermos no próprio Um.

Após tê-los feito meditar longa e profundamente, Mentor lhes disse, em conclusão:

No plano da matéria, que é onde vocês se conheceram por primeiro e desde quando desenvolveram esse complexo sentimento que os une, já existem ensinamentos suficientes a esse propósito. Contudo, somente alguns se interessam de verdade em buscar esse conhecimento libertador e menos ainda são aqueles capazes de compreendê-lo intelectualmente, enquanto um número ainda menor agrega esse conhecimento ao seu próprio ser, por meio do coração. Percebam como a maior parte das leituras que fizeram quando estavam em carne foi em vão, pois não foram capazes de transformá-las em prática de vida. E, realmente, é inútil aprender intelectualmente um conceito sem nenhuma aplicação prática. As sinapses cerebrais não existem no plano espiritual.

O único e verdadeiro amor que há é o próprio Deus que está em nós. Esse Deus que, pela nossa evolução, haverá de ser nós mesmos. Por isso, além Dele nada mais poderá existir. É tudo simples ilusão, fruto da nossa pequenez de consciência.

A porta pela qual Ele entra em nossa existência é pelo contentamento. Não poderemos querer mais que seguir no rumo da perfeição. O desejo de estagnar, de não querer seguir em nome desse amor, por mais divino que sempre seja o amor, vai de encontro à lei da evolução. Em vez de revolta, essa consciência deve gerar contentamento. Do contrário, se afastarão do Todo. Você mesmo, Miguel, leu em Helena Blavatsky[2] que "aquele que está descontente consigo mesmo está descontente com a lei que o fez tal como ele é; e como Deus é Ele mesmo a lei, Deus não se manifestará àqueles que estão descontentes com Ele". A própria ideia de direitos individuais em si mesma é uma manifestação da tenebrosa serpente do eu, o que é perigoso obstáculo ao progresso.

Mas não adianta apenas cumprir a lei por resignação, porque o caminho não é o da obediência servil, mas o da consciência. Por isso o preço da evolução é o contentamento, não a obediência incondicional. Daí também de nada valerá se seguirem em frente internamente revoltados com o aparente despropósito da separação, porque isso em si mesmo será o empecilho insuperável para que possam seguir em frente. Permanecerão vida após vida se encontrando ou desencontrando, não importa, sempre sendo incapazes de darem o próximo passo no rumo correto. Os deveres devem ser cumpridos por serem mandamentos Divinos, não por temermos as consequências oriundas de seu descumprimento. Por isso a pretensão de se unirem eternamente, mesmo que renunciando à própria personalidade, vai de encontro à lei de Deus. Novamente, lembrem das palavras de Blavatsky[3], de que "ou ele próprio [o homem] se arvora no Deus a quem são consagrados os seus sacrifícios, ou os consagra ao outro verdadeiro Deus". Não somos propriamente deuses, lembrem-se sempre, embora possamos ser com Ele e estarmos n'Ele, pois "é lei eterna que o homem não pode

---

[2] BLAVATSKY, Helena Petrovna. *Ocultismo prático*. Brasília: Editora Teosófica, 2013.
[3] *Idem*.

ser redimido por um poder exterior a si mesmo"[4]. Portanto, é em vocês que deverá aflorar a consciência da desobediência e a forma de curarem-se. Pois vejam que "a chave de cada estágio é o próprio aspirante. Não é o temor a Deus que é o começo da Sabedoria, mas sim o conhecimento do Eu, que é a Sabedoria em si mesma"[5].

É preciso que vocês meditem profundamente sobre essas afirmações, que, embora nascidas da Infinita Sabedoria do Todo, ainda assim são acessíveis a todos os sinceros buscadores já no plano mais elementar e rústico da criação, que é o plano da matéria.

---

[4] *Idem.*
[5] *Idem.*

IX

Foi somente nesse estado de suas profundas reflexões que Miguel se deu conta do verdadeiro significado de certas palavras que lera, não à toa, numa importante obra para a qual seus estudos o haviam conduzido na vida terráquea. Era uma obra exatamente de Blavatsky[6], que fora objeto de profundas meditações em vida, mas somente no estado elevado de consciência em que se encontrava conseguia atinar com o seu verdadeiro sentido em superioridade e perfeição.

O crime é cometido pelo Espírito tão verdadeiramente quanto pelos atos do corpo. Aquele que por qualquer motivo odeia outras pessoas, que ama a vingança, que não perdoa uma injúria, está cheio do espírito de homicídio, mesmo que ninguém mais o saiba. Aquele que se curva diante de falsos credos, e submete sua consciência às imposições de qualquer instituição, blasfema sua própria alma divina e, portanto, "toma o nome de Deus em vão", ainda que nunca preste um juramento. Aquele que deseja meramente os prazeres dos sentidos, e está focado neles, dentro ou fora das relações conjugais, é o verdadeiro adúltero. Aquele que priva quaisquer de seus companheiros da luz, do bem, da ajuda, da assistência que ele possa sabiamente lhes oferecer, e que vive para o acúmulo de coisas materiais, para sua própria gratificação pessoal, é o verdadeiro ladrão; e aquele que rouba de seus companheiros a preciosa posse do caráter pela difamação ou por qualquer tipo de falsidade, não passa de um ladrão, e da pior espécie.[7]

---

[6] BLAVATSKY, 2013.
[7] *Idem.*

Foi então que Mentor lhe comunicou que aquele ciclo estava encerrado. Tudo estava pronto para seu retorno à matéria. Seu dever e sua missão eram o de compreender pelas experiências que passaria que a verdadeira caminhada era sempre solitária. Que nos encontramos e necessitamos dos demais irmãos dessa espécie, mas que cada qual segue em ritmo diferente dos demais. Muito embora estejamos todos percorrendo o mesmo caminho, estamos em posições diferentes dele. Mesmo que realizemos trocas intensas nesses encontros, sempre será chegado o momento da separação, porque a Obra não é para o nosso regozijo, mas para a confirmação da perfeição suprema e infinita da Criação.

Disse que Miguel regressará à matéria e durante toda a sua jornada se fixará na busca pela companheira amada, que naquele estágio rude da matéria muitas vezes lhe parecerá um sonho ingênuo porque impossível, ou torpe porque lhe causará sofrimento, mas de cujas razões e origens somente voltará a se recordar quando estiver de volta ao mundo da espiritualidade. Terá grande dificuldades em encontrar esse ser preterido, mas que assim deve ser para que as oportunidades para o grande conhecimento sejam apresentadas, que é a consciência da solitude da caminhada. Poderão até se encontrar uma, talvez duas vezes no transcurso da vida encarnada que logo mais se iniciará, talvez mesmo se encontrem em duas encarnações sucessivas dela. Na verdade, tudo dependerá bem mais dela que de Miguel, pois para ele o que está reservado é a experiência da profunda solidão, no seio da qual deverá encontrar o amor e a conformação e daí a evolução e a sabedoria.

De pronto se iniciou o processo de retorno de Miguel à carne. Serena e lentamente foi se tornando esquecido e incônscio de tudo à sua volta, entrando numa espécie de amnésia, até a inconsciência total, que por sua vez foi abruptamente interrompida pela dolorosa pressão do ar invadindo outra vez seus pulmões de carne, colocando-o de chofre diante de um ambiente rude, insalubre e barulhento.

Era o seu novo nascimento.

O infinito em si mesmo

I

    Não poderia Deus ter legado infância mais comum que a de Miguel. Filho do meio de uma prole de três irmãos, foi amado, provocado e instigado como o são todos os irmãos do meio, aprendendo naturalmente nessa convivência sobre o amor, o temor, o enfado e o respeito. Foi uma criança comum, geradora de um adolescente insosso, tímido e despercebido, que por sua vez foi o criador de um adulto responsável, inteligente, mas profundamente ensimesmado.

    Leitor ávido e curioso pelo novo desde sua própria natureza, a partir de muito cedo aprendeu que a maioria das pessoas à sua volta não tinha o mesmo grau de curiosidade dele; eram desinteressadas nos assuntos instigantes que envolviam curiosidades e saberes que, fascinado, não cansava de descobrir nos livros. Cedo, por isso, deu-se conta de que o conhecimento que adquiria sem parar nas páginas que lia deveria servir para consumo quase exclusivo, não porque fosse egoísta, mas por mero desinteresse da maior parte dos convivas.

    Por isso era um adulto calado, de pouca interação com o mundo exterior e quase indiferente aos fascínios das muitas cores, formas e sentidos à sua volta. Embora se interessasse pelas pessoas em seu derredor, os assuntos que seria capaz de desenvolver eram, por regra, indiferentes aos outros. Não entendia por que a estranha forma de vida medieval não interessava aos circundantes, por mais encantado que tenha lhe parecido a leitura de Hermann Hesse, em *Narciso e Goldmund*; não atinava como poderiam tantos não se fascinar com a poética prosa de Saramago, sempre pronto a denunciar a incoerência inata do mundo, as contradições essenciais dos humanos e a solidão elementar que assola a espécie inteira, como ficou tão evidente n'*O ano da morte de Ricardo Reis*; menos ainda era capaz de compreender tamanho desapreço pela infinitude da alma escancarada pelos personagens de Dostoiévski no seu *Irmãos Karamazov*. Mesmo nos que preferiam a leveza da distração descomprometida, encontrava indiferença quando narrava as peripécias dos *Três mosqueteiros*, de Alexandre Dumas, ou as argutas conclusões do detetive Sherlock Holmes.

Embora desejasse avidamente o contato com o restante da espécie, a ausência de interesses comuns o impedia completamente, porque sempre foi desinteressado das coisas que prendiam a atenção da maioria dos demais. Não acompanhava a telenovela do momento, não atinava as gírias e memes da moda e tinha tantas vezes certo asco das repetidas e sempre ridículas dancinhas, gestos e frases enquanto durasse o modismo de cada tempo, fugidio e sempre logo substituído por outros ainda mais írritos.

Era de um tipo ainda não diagnosticado de autista social, cognitivamente pleno, mas ainda assim incapaz, por ausência de interesses comuns, de se comunicar com o restante dos seres de sua mesma espécie.

II

    Quando adolescente, era desengonçado com as mulheres. Não fazia sucesso seu comportamento introspectivo, sua aparência simples e ensimesmada e sua alienação geral para os assuntos mais destacados do momento. No final da formação superior, entretanto, começou a ser descoberto pelas mulheres já quase prontas que, desinteressadas pela superficialidade dos homens egoístas e toscos que se empavonavam nas artes do galanteio sem, contudo, nada mais a apresentar senão a superficialidade de um corpo esculpido por malhação e drogas, buscavam a consistência de homens sensíveis à poesia e comprometidos com a responsabilidade afetiva mútua. Interessava a essas mulheres a constância da coerência e a firmeza da fidelidade.

    Assim, Miguel foi sucessivamente descoberto por uma, duas, três mulheres, sempre mais velhas, prontas a dar um taco de sua experiência de vida e receber a delicadeza da cumplicidade e a simplicidade do afeto. Embrenhou-se nas artes dos amantes e surpreendeu a todas as suas instrutoras, fazendo-as apegadas e desejosas sempre por mais, seja nas carícias do amor, seja na consistência da visão de mundo. Miguel foi assim reconhecido como alguma espécie de sábio, desejado não por ser mais belo ou desenvolto que os outros, mas, ao contrário, por ser único e muito diferente deles.

    Era fogoso no amor, mas também profundo e consistente nas longas conversas que mantinha depois da satisfação hormonal, interrompidas sempre quando ambos eram irreversivelmente dominados pelo sono incontrolável e profundo.

    Amou a todas elas, especialmente no início das respectivas relações. Mas, com o tempo, o fogo da paixão arrefecia e no seu lugar não o impregnava a vontade de ficar ou o desejo de estabilidade tão próprios do amor romântico. Ao mesmo tempo que se regozijava por meio das deliciosas sensações do gozo, desejava conhecer outras maneiras de prazer, sempre por intermédio dos cheiros e fluidos produzidos por outras mulheres.

A solidão lhe tinha sido tão esmagadora até então que talvez tivesse se desacostumado ao convívio com outros. Estar a sós consigo mesmo era já quase uma necessidade física.

III

Com o tempo, os nomes foram sendo acrescidos à sua lista não escrita, até quando se perdeu na conta e nos nomes. Hoje não saberia dizer quantas mulheres já teve, quais eram suas idades e qual era a dimensão dos sentimentos que se permitiu compartilhar com cada uma delas. Saberia apenas dizer que a todas amou incondicionalmente. Uma por vez e cada qual de maneira diferente. Não será possível mensurar graus de intensidade.

Elisa era mais jovem que Adeline, embora a segunda fosse mais intensa na cama. O que marcou em Elisa foi a profunda sutileza da primeira vez de uma mulher. Apenas os homens mais experientes são capazes de compreender o grau de cumplicidade e entrega que está envolvido na primeira vez de uma mulher, pois com os homens tudo é bem mais instintivo, direto e despido de sentimentos. Basta fazer trejeitos de experiência e se entregar com egoísmo às curvas, aos cheiros e aos orifícios, com o mesmo prazer fugaz dos animais. Já com Elisa, assim como todas as mulheres jovens e virgens, a entrega pressupôs cumplicidade e sentimentos. O ato do amor significa um mergulho que, de longe, deve ir bem mais fundo que o rompimento do hímen, até então incorrupto. É a própria alma que admite ser penetrada, explorada e, enfim, capturada pelo amor. Diferente dos homens, e assim como acontece com todas as desvirginadas, Elisa sonhou ser aquela não a primeira, mas a derradeira entrega, pois tudo a satisfazia naquele homem. Ele lhe bastaria para o restante da vida.

Adeline tinha não apenas mais experiência, como também outros parceiros. Era uma aventura aberta e sem compromissos públicos, porém tão intensa como com todas as outras. A entrega mais verdadeira é aquela que se faz para dentro, porque o compromisso mais efetivo é o realizado consigo próprio. Foi assim que Adeline, mulher sagaz e experiente, desnecessitada de qualquer relação estável e monogâmica, profundamente arraigada na visão de mundo das feministas, proprietária de intensa autoestima, mesmo assim foi vencida pela sutil e frágil (embora ao mesmo tempo indestrutível) energia do amor romântico. Pegava-se pensando naquele homem gentil, mas de poucas palavras, que nada lhe cobrava ao mesmo tempo que a cobria de esmerada atenção e respeito sempre que estavam juntos. Mesmo sabendo que não teria direito a tanto, passou a cobrar a atenção do parceiro; mesmo não podendo, exigia-lhe uma fidelidade que não estava registrada no contrato não escrito, mas sempre existente entre os amantes, tal qual nos relata a obra de Milan Kundera.

Também havia Karine, Letícia, Ângela, Isabela, Socorro, Ariela, Solange, algumas Marias, outras tantas Joanas, Vitórias, Cíceras, Angélicas, Rosas e Lurdes. Eram tantos nomes que, com o passar do tempo, foram se desassociando nomes e rostos. Era como se todas as letras daquelas dezenas de nomes fossem sendo fundidas em uma palavra só, imensa, mas de significado bem claro, relacionado a um rosto único, formado por características presentes em cada uma daquelas mulheres. Queria dizer essa palavra que a todas ele amara, mas, igualmente, não amou jamais nenhuma delas.

Por muito tempo esse foi um dos mistérios mais insondáveis da singular personalidade de Miguel.

IV

O amor, mesmo antes das trovas que precederam o grande Homero, sempre foi puro, corajoso e pleno de honras, sacrifícios e renúncias. Quem ama nos revela a arte literária de todos os tempos, sempre foi e será capaz de todas essas coisas. Mesmo o risível Quixote somente se atirou a tantas peripécias e desventuras graças ao amor puro e incondicional de Dulcineia de Toboso. O jovem Werther abdicou da própria vida. Até o medievo monge Adamo amou à sua rosa de maneira pura e quase não carnal.

De revés, poucos falaram sobre o papel da mentira nas histórias de amor. Miguel amou às vezes por incontinência, outras ocasiões por displicência, assim como também por descompostura. Mas, talvez por colheita mesmo de sua má semeadura, também houve as vezes em que amou por entrega incondicional, intensa e perigosamente desmedida. Foram as únicas vezes em que desejou ficar e a tudo sacrificou para tanto. E foram as ocasiões em que mais sofreu.

Tanta entrega o levou a descobrir a mentira. A mais sórdida de todas as mentiras porque proveniente de quem irresistivelmente se entregou e em quem confiou. Sempre que mergulhou, confiou sem restrições e desejou ficar enlaçado em um único abraço; quando se desarmou das desconfianças se apresentando verdadeiro e sem máscaras, na inversa proporção dessa entrega, foi gravemente ferido pela perfídia do engodo. É como se existisse algum tipo de gatilho no caráter das pessoas que as fazem serem sórdidas diante da verdade e da incondicionalidade do sentimento que se deixa escancarar sem quaisquer máscaras ou joguetes. A psique humana não aceita aquilo que lhe é oferecido sem custos ou sacrifícios. O que é franco parece ser sem valor para o ego.

Entre outras de mesmo nome, houve duas Anas marcantes. Quando conheceu a primeira, estava cansado de tantos, quase infinitos, recomeços. Queria a quietude da rotina, a passividade de uma relação única, firme e estável e, acreditando na aparente pureza do sentimento alheio, permitiu-se a entrega. Era uma mulher muito bela, jovem, de conversa ingênua, mas cheia de malícia nos trejeitos e nas ações. A sordidez de seu caráter sempre se revelou pelos detalhes de seu proceder, mas nem toda a experiência de vida de Miguel permitiu-lhe enxergar a evidência. O amor que sentiu, mas sobretudo a convicção que nutria no sentido de que bastaria ser sincero e empenhado no seguir da relação para receber na mesma medida os sentimentos doados lhe deixaram a tudo cego até quase o final da relação.

Revisitando sua existência, pareceu-lhe que a razão única de todos os términos anteriores se encontrava em sua própria vontade. Fora ele que sempre se recusara a plantar as atitudes corretas, próprias da cumplicidade dos amantes, cheias de carícias, zelos, notícias e recompensas. Não poderia ter havido outro desfecho senão o fim. Pelas mesmas razões, quando plantasse essas práticas e alimentasse tais sentimentos, a colheita inevitável seria uma vida a dois firme, plena, amorosa e feliz.

Era uma racionalização bem óbvia da lei de Amra, que diz que, conforme deres, assim receberás. Contudo, todo o amor e dedicação que doou, toda a incondicionalidade e perdões que regalou e toda a fidelidade que firme manteve durante toda a relação foram pagos pela mentira, pela traição e pelo desassossego. Havia uma maldade ínsita naquele ser feminino, que a fazia praticar sórdidas atitudes, traições e mentiras de diversas ordens, todas hipocritamente disfarçadas pela brancura de um sorriso de dentes perfeitos, harmoniosamente integrado a um rosto afilado, simétrico de olhar negro e profundo, completado por um corpo escultural, de seios fartos, quadris largos e coxas bem torneadas. Ninguém que avistasse aquele corpo passeando elegantemente, bem composto por vestes talhadas às melhores mãos, jamais suspeitaria que a maldade ou a mentira pudessem caber dentro de tamanha perfeição aparente.

Mas a beleza é, tantas vezes, o próprio invólucro no qual se esconde a mais vil das maldades.

Para essa Ana, cultivou o sonho de ser o seu protetor, o companheiro firme que a tudo zelaria, quem construiria o alicerce necessário e firme para que ela desabrochasse e se desenvolvesse plena e feliz para a vida e para seus infinitos sucessos. Legaria a si mesmo o papel secundário, de suporte discreto e firme na coautoria do desenvolvimento dela, se permitiria o lugar de coadjuvante na vida pulsante, vitoriosa e bela que lhe alicerçava.

A recompensa por tão desapegado desprendimento de si mesmo foi a solidão mais profunda e aterradora que já teve que suportar. Miguel sempre foi não apenas um solitário, mas, sobretudo, amigo da solidão. Não lhe desgastavam os momentos na companhia de si mesmo, inclusive porque lhe agradava a sensação, tão própria da solitude, de independência e liberdade. Daquela história, contudo, colheu a tristeza da solidão a dois, do abandono sentimental, da indiferença com seus sentimentos, da renúncia sem gratidão ou reconhecimento. Foi o amor mais puro e desapegado que se permitiu viver e por isso mesmo um dos que lhe trouxe maior sofrimento e desolação.

Ao final, quando, enfrentando o próprio desejo, resolveu romper, descobriu-se envelhecido, triste e completamente impossibilitado de amar novamente. Foi uma das poucas vezes que sentiu o reverso do que fizera nutrir no coração de tantas outras. Pôde enfim saber o tamanho da desolação que se faz impregnar no ser que ama, se entrega destemidamente, sem nada pedir em troca, mas a tudo desejando do outro.

Por absoluta falta de opção, entregou-se àquela dor, indo até o âmago dela, permitindo-se viver todas as ranhuras e tormentas despertadas pelos sentimentos feridos, até que, enfim, pôde submergir, restabelecido, de alguma forma ainda vivo, e imprudentemente disposto a viver mais outras tantas experiências.

V

A outra Ana conduziu Miguel a refletir sobre o sentido e a dimensão da fidelidade. Permitir-se amar é permitir-se se entregar inteiramente, sem reservas. Não pode haver amor romântico sem esse grau de entrega, tantas vezes irresponsável, que não conduza a entregas em muitas ocasiões fatais. Só se descobre a essência do outro se ele revelar seu coração, mostrando o próprio âmago. É essa a entrega irresponsável porque fragiliza, abre o flanco para a traição e para o sofrimento da dor. Não haverá mesmo dor mais sórdida que a de Sansão sendo vítima do amor que nutriu por Dalila ou a de César ao ver Brutus o apunhalando. Podemos sofrer traições, mas sempre será mais dorida a daqueles que zelamos, protegemos, mantemos e amamos; sobretudo, os que mais amamos.

Haverá traição na atitude da mulher que, mesmo sem tocar outro homem, cometeu atos maliciosos e vingativos, denegrindo a honra, desvirtuando os fatos, transformando o parceiro em sujeito violento, torpe, manipulador e dissimulado? O coração ferido de uma mulher será causa determinante justificadora para a violência da mentira, da insídia impiedosa e da provocação marota e venenosa, tomadas apenas para provocar reações e atitudes que denunciem as insípidas acusações?

Quando se apaixonou, e à medida que foi conhecendo e se entregando àquela Ana, Miguel achava haver encontrado naquela mulher uma fidelidade firme e irrenunciável. O compromisso que firmara junto ao seu homem tornaria desinteressante qualquer olhar, carícia ou arroubo vindo de outro que não o seu amado. Pensava, até então, que não existiria incondicionalidade igual àquela, pois, lhe dizia, entre todos os homens do orbe, nenhum outro lhe interessaria senão aquele que ela escolhera. E como era bom o regozijo daquela entrega incondicional e aparentemente eterna. Aquela mulher, portentosa em amor tão infinito, merecia ser a depositária de seus sentimentos mais profundos; poderia nela ter a portadora de seus segredos, dos mais puros aos mais sórdidos. Mesmo desacostumado a revelar os tesouros, às vezes, os engodos, em tantas outras ocasiões, que guardava no âmago de seu inconsciente; aquelas verdades ireveláveis a qualquer outro. Mesmo sabendo que alguns dos sentimentos que nos povoam não deveriam ser jamais trazidos à tona da existência cotidiana, era tão grande o magnetismo de ter ao seu lado mulher tão proba e que lhe regalava amor tão puro, infinito e incondicional, que não resistiu. Aos poucos, e como consequência natural daquela incondicionalidade tão inédita, foi entregando àquela mulher todos os seus segredos. A tal ponto que ela o conhecia já mais que ele próprio. Em certas ocasiões, não seria nem preciso questionar sobre o pensamento de Miguel, porque ela conhecia já suas ações e seus gostos.

Porém, mesmo o que é incondicional, irrenunciável e eterno tem seu preço a cobrar. Por aquela Ana, a incondicionalidade perdurou apenas até quando Miguel fez algo que lhe pareceu ferir a recíproca que esperava do seu amado. Bastou isso, que por muito ou pouco que tenha sido, foi a causa para a perfídia da vingança, o que para ela, naquela situação, era muito fácil, pois detinha não somente os segredos mais profundos de Miguel, como sabia exatamente contra quem e em que situações poderia utilizá-los.

Foi tão avassaladora a dor daquela traição que essa foi uma das vezes em que Miguel morreu em vida. A morte miúda, que permite o renascer no mesmo corpo, como tantas vezes acontece na existência de todos os humanos. Mas nem por isso uma morte menos dolorosa, aterradora e destruidora. Muito da beleza que via na existência, da consciência de que eram necessárias as agruras enquanto condição para a evolução do espírito e do permissivo para a convivência com os outros foi definitivamente destruído desde aquela ocasião. Talvez a parte mais bela de Miguel não tenha conseguido renascer depois daquelas traições, pois uma das descobertas mais terríveis que ficou foi a de que o amor maquila a maldade do outro ser, deixando-nos inteiramente inconscientes do risco que corremos. Reféns absolutos do malogro, independentemente das experiências acumuladas.

Foi especialmente difícil aquele renascer para Miguel.

VI

Não haveria conta também para as que amou a distância. Daquelas que se permitiu aproximar, mas jamais passaram de amigos, sem qualquer intimidade. Miguel queria, mas algo, às vezes obscuro e outras óbvio, sempre impedia que houvesse algo mais entre os dois. Seja pelo desinteresse puro, seja pelo impedimento de outro compromisso. Porque jamais materializados, talvez tenham sido as que mais amou.

São muito variáveis e sutis as razões que fazem nascer o interesse por outra pessoa. Em geral, tudo tem início pela observação distante e silenciosa do outro. Nota-se sua presença, identifica-se a parte possível de sua rotina e desde aí tudo na outra passa a ser misterioso ou encantador. O silêncio e a discrição com que se apresentava ao mundo sempre permitiram a Miguel observar mais que ser observado. Embora seu jeito ensimesmado tenha por tantas vezes sido a razão pela qual se destacou para tantas de suas amantes, igualmente descobriu, pela observação atenta das coisas à sua volta, várias amadas.

Houve aquelas mulheres também discretas, que se vestiam com singeleza, não costumavam se colorir de maquilagem, falavam pouco e baixo e buscavam o recato das últimas fileiras, dos fundos dos ambientes e dos cantos mais discretos dos salões. Embora raras, foram as mais cobiçadas por ele. Por meio da aproximação, descobriu às vezes a timidez mais pura, porém cheia de volúpias disfarçadas. Outras vezes, deparou-se com depressões profundas, carregadas de ódios e feridas não curadas. Essas às vezes eram perigosas, pois havia as que tencionavam uma vingança ignóbil e irracional de ferir a qualquer outro que se aproximasse, como um meio torpe de provar que o mundo é sempre injusto e que somente a insanidade é capaz de emprestar alguma razão, mesmo que deformada, a tudo derredor.

Mas igualmente havia aquelas pacatas mulheres, fiéis pela própria natureza do seu ser, totalmente dispostas a se dedicaram durante toda a eternidade a um único e exclusivo ser, o seu amado. Nessas, Miguel sentiu a profunda pontada do desespero que é amar sem ser correspondido porque não era ele o objeto de tão indecifrável abnegação. Algumas dessas mulheres bem-amadas e correspondidas, absolutamente impossibilitadas de doar qualquer fragmento de amor que não ao escolhido, Miguel pôde reencontrar anos depois. Parte delas estava realizada e feliz, mas a maioria se frustrara ou porque se perdeu o amor que nutrira no insólito devaneio da realidade de todos os dias, ou porque foi trocada por outras mulheres mais jovens, mais carinhosas e mais incondicionais que elas próprias. Depois de anos, houve algumas aproximações, mas sempre frustradas não só porque a realidade apresenta as imperfeições dos outros, como porque o encanto que o fez gostar não era mais da mesma intensidade daquele tempo passado e talvez nem mais existisse.

Lídia era das silenciosas e discretas, que encantou com um único e singelo olhar. Foi tudo o que tiveram durante bom tempo. Em certa ocasião, enquanto Miguel a observava a alguma distância, seus olhares se cruzaram. Nesse olhar, descobriu toda a volúpia do desejo e toda a candura de um amor incondicional. Não precisou de palavras para transformar a intensidade daquela troca, certamente percebida apenas pelos dois, no avassalador desejo de tê-la para o resto dos seus dias. Mas ficou só naquilo. Jamais se tocaram e nunca se beijaram. Nas poucas conversas que tiveram nunca mais se repetiu a intensidade do brilho do olhar nem o sentimento de entrega que reparou na mirada. E, assim, ficaram apenas amigos.

Cláudia era a personificação do fogo da intensidade e do desejo. Tudo o que fazia era com vontade insuperável e tanto suas vitórias quanto derrotas eram vividas com imensa profundidade. Ela fazia adivinhar em suas roupas e trejeitos a fogosa fêmea em que se transformava na cama. Poucas vezes

Miguel desejou tanto o corpo e a alma de uma mulher como aquela. Queria seu fogo, mas também seu companheirismo. Insolitamente, contudo, não houve reciprocidade, pois para ela Miguel pareceu uma pessoa inteligente, porém desinteressante. Talvez um bom colega de trabalho, mas jamais um amante. Com o tempo se afastaram e depois não mais se viram.

E, nessa lista, caberiam mais tantos nomes iniciados com a maior parte das letras do alfabeto. A todas desejou e incondicionalmente amou como a nenhuma outra.

VII

No meio de tantas leituras, imbuído que estava de encontrar um tesouro valioso, que o levaria à fortuna do espírito e à riqueza da sabedoria, sempre desejou que por meio dos livros cedo ou tarde se depararia com a descoberta mais sublime, que se não lhe legaria o conhecimento dos mistérios do universo, ao menos o apresentaria à essência de si mesmo. Quanto mais buscava, mais se frustrava com a incompreensão relativa à sua própria natureza; quanto mais se embrenhava nas entranhas, nas curvas, nos orifícios e na alma de tantas mulheres que passearam pela sua vida, mais se decepcionava. Não pelas outras, mas pela ausência da descoberta de si mesmo.

Não adiantava procurar fora, nos braços de infinitas outras; nem dentro de si mesmo, nos incontáveis livros que já pôde ler. Jamais se havia deparado com aquilo que de fato procurava, que, no final, era uma resposta singela e direta, capaz de o convencer sobre as razões de suas posturas diante do mundo. Como seria possível uma vida tão repleta de interações e ao mesmo tempo tão solitária? Por qual razão, diferentemente de todos os outros, jamais lhe bastaria uma única companhia, por mais doce, fiel, meiga e incondicional que fosse? Que motivos o demoviam quase sempre a querer ficar impelindo-o ao deserto do mundo, como se inconscientemente estivesse a penitenciar-se com o suplício da solidão, especialmente quando estivesse melhor servido de todas as bonanças que o amor a dois, o compartilhamento de propósitos e a cumplicidade do cotidiano poderiam lhe regalar?

Era um mistério que o povoou por décadas. Mesmo diante da maturidade, sua essência permanecia imutável, deixando-o incapaz de se portar de diversa forma. Não importava o passar dos anos, o ciclo de busca incessante, de descoberta fabulosa, de desencanto e de afastamento paulatino se repetia quase invariável. Como se, escondido dentro de si mesmo, existisse um outro alguém sempre pronto a sabotá-lo, desafiando, enfrentando e aniquilando todas as possibilidades de quietude, vida pacata e rotina confortável em família. A companheira que tanto sonhava e por tantas vezes encontrou em centenas de mulheres era-lhe inevitavelmente arrancada dos braços e suprimida do peito; não por alguma força alienígena que habitasse no mundo exterior, mas por outro alguém que candidamente vivia dentro de si mesmo, apresentando-se somente nas ocasiões mais indesejadas e nos raros mas sempre desejados instantes em que se preparava para a colheita da estabilidade da vida em casal.

Foi então que, logo após o seu aniversário de quarenta e nove anos, se deparou com o Tratado do Lobo da Estepe[8] pelo manuscrito de Harry Haller e, finalmente, tudo passou a fazer sentido.

---
[8] HESSE, Herman. *O lobo da estepe.* Rio de Janeiro: Record, 2020.

VIII

    Não existe uma explicação racional ou mítica capaz de justificar a origem desse manuscrito. São misteriosas as maneiras pelas quais chegaram às mãos de Harry Haller os originais do Tratado do Lobo da Estepe. Foram avisos, aparentemente ocasionais e desprovidos de qualquer sentido lógico, que o conduziram ao fabuloso texto, que, por sua vez, o fez incluir em um manuscrito autobiográfico por meio do qual contava a desventura de sua vida. A única condição que lhe foi imposta para o conhecimento do texto foi a de que deveria ser lido apenas por loucos.

    Harry Haller decidiu que iria renunciar a uma tristeza e infelicidade inatas que o habitavam quando inteirasse seu aniversário de cinquenta anos. Parecia-lhe que já bastaria ter vivido de forma solitária e inútil até aquela data; achava justo se permitir libertar-se das amarras frias e maldosas da vida. Por isso, no seu natalício de cinquenta anos, iria cometer suicídio. Não sabe se por isso ou apesar disso, o fato é que no decorrer da contagem regressiva do que, esperava, seria seu último aniversário, deparou-se com o Tratado do Lobo da Estepe, que contava a sua própria história.

    Harry Haller foi nascido em uma família mediana e medianamente foi educado. Teve acesso às maravilhas da cultura acadêmica, como em geral é facultado aos medianos membros das complexas sociedades contemporâneas. Apesar de o seu nome revelar uma suposta origem germânica, na verdade essa criatura poderia ter nascido, crescido e vivido em qualquer nação minimamente estruturada, em que fosse possível o desenvolvimento do estilo de vida burguês. Apesar de toda a aversão que exteriorizava aos burgueses, sempre viveu exatamente igual a eles. Os burgueses são sempre medianos, desafetos dos extremos e por isso desenvolvem hábitos intermediários. Não gostam nem da entrega absoluta às coisas do espírito, como fazem os optantes da vida no claustro, nem dos que se atiram aos excessos da vida mundana, dedicando-se exclusivamente às coisas que possam oferecer prazer instantâneo, mesmo que frugal e vazio. Colocam-se sempre na metade do caminho entre uma e outra possibilidade de vida. O bom burguês bebe socialmente, mas não se torna alcoolista; frequenta os templos e crê pela tosca fé da conveniência que existe um Criador, que a todos repara e julga por seus feitos, mas não se embrenha nas profundas nuances da entrega espiritual, sempre tão cheia de renúncias. É exatamente essa medianidade própria de seu estilo de vida que torna sua existência vazia, sem qualquer sentido. Daí existirem tantos suicídios nas sociedades burguesas.

Ao mesmo tempo que era um bom cidadão, capaz de manter vários níveis de boas relações, era também um lobo. O Lobo da Estepe, aquele animal selvagem e arredio, que nutria uma antipatia visceral pelos humanos, detestando especialmente o seu estilo de vida. O Lobo era solitário por sua própria natureza, gostava da caça pelo gosto do sangue, só pensava no agora, no prazer imediato e ilimitado. Não existe amanhã para os lobos. Só importam a vida nômade e a saciedade do momento. Estão sempre partindo. São inimigos fidalgais dos humanos. Jamais perderiam a oportunidade de eliminar um. Logo, Harry Haller pouquíssimas vezes conseguiu estabelecer uma relação pacífica entre as duas criaturas que habitavam sua alma. Uma sempre sabotava a outra. Sua vida era, assim, um sofrimento incessante. Jamais teve paz interior. Ele tinha o suicídio como uma saída digna depois de cinquenta anos de profundos e dolorosos conflitos.

Havia momentos em que a personalidade do homem dominava o seu ser. Eram ocasiões em que construía relações de afeto e de ideais. Era crido como uma pessoa inteligente, comprometida e capaz de próspero futuro. Mas o lobo sempre estava à espreita, irresignado pela falta de sentido de uma vida sempre voltada para o futuro, para a construção de alguma coisa que jamais se realizava. Como não fazia sentido para o lobo qualquer sacrifício que não lhe pusesse sangue na boca, carne no intestino ou despertasse o prazer em seu sexo, não perdia qualquer oportunidade que tivesse de destruir tudo o que o homem houvesse alicerçado. Bastava um instante de descontrole para que o lobo pusesse suas garras e seus dentes à mostra, destruindo relações e ferindo pessoas, pondo por terra tudo o que o homem tivesse criado.

Da mesma forma, havia outras ocasiões em que era o homem que se espreitava, dominado pelo lobo, que agia conforme seu instinto de animal, procurando os excessos, a destruição e a solidão. Ali também o homem não permitia que o lobo se regozijasse, pois, mesmo quando não conseguia agir, deixava sempre claro seu asco por aquele estilo de vida tosco, despido de propósitos e autodestrutivo. E, logo que podia, também o homem desfazia toda a lascívia criada pelo lobo. Isso fazia com que Harry Haller sempre estivesse na estaca zero. Todos os dias eram um recomeço sem qualquer sentido, porque tudo o que o homem conseguisse fazer seria destruído pelo lobo e tudo que o lobo construísse seria aniquilado pelo homem. Eram dois inimigos perpétuos que habitavam a mesma alma. Segundo relata o Tratado do Lobo da Estepe[9], "muitos o estimaram por ser uma pessoa inteligente, refinada e arguta, e mostraram-se horrorizados e desapontados quando descobriram o lobo que morava nele".

Ele era um artista, pois todos nessa classe de homens têm duas almas, dois seres que habitam em seu interior. Um divino, outro satânico, sangue materno e paterno. Como todos os lobos, prezava pela liberdade regalada pela solidão, até que se deu conta de que essa liberdade era a própria morte. Era de tal maneira sozinho que, a propósito de receber convites, presentes, mensagens gentis, ninguém estava disposto nem era capaz de compartilhar sua vida. A ideia da morte era a do

---

[9] HESSE, 2020.

conforto, da alforria. O Lobo da Estepe, enfim, vivia segundo seu próprio entendimento, à margem do mundo convencional, sem conhecer a vida de família nem as ambições sociais. Para uns era um esquisitão, para outros um indivíduo superior, dotado de gênio que o fazia se sobressair aos comuns dos mortais. Ao mesmo tempo que conhecia as delícias da meditação, também sabia das sombrias alegrias do ódio; tanto desprezava a lei, a virtude e o senso comum quanto era prisioneiro forçado da burguesia, porque o burguês é um ser de impulsos débeis, fácil de governar. Por esse motivo, o burguês "colocou no lugar do poder, a maioria; no lugar da autoridade, a lei; no lugar da responsabilidade, as eleições". Porque "queima hoje por herege e enforca por criminoso aquele ao qual amanhã levantará estátuas"[10].

Desejava a morte porque, assim como o nascimento significa a desunião com o todo, o afastamento de Deus, a morte era a volta, a anulação da dolorosa individualidade, chegar a ser Deus, "ter dilatado a alma de tal forma que se torne possível voltar a conter novamente o todo"[11].

---

[10] *Idem.*
[11] *Idem.*

IX

    Para Miguel, o Tratado do Lobo da Estepe era bem mais que uma metáfora, como um manuscrito desvairado escrito por um idólatra qualquer, que buscava dar sentido à insanidade de uma vida cheia de nada crendo na existência de uma dualidade maquiavélica e o conduzindo inexoravelmente à autodestruição. O verdadeiro sentido do universo talvez se revelasse somente aos loucos, porque a razão mesma é uma máscara com a qual se maquia a realidade. Verdadeiros mesmos eram os sentimentos que o atormentavam, especialmente a consciência dos repetidos fracassos de sua torpe vida, tão bem representados pelas centenas de desventuras amorosas pelas quais passou.

    Assim como Harry Haller, Miguel também passou a entender o sentido superior do suicídio como um ato de bravura final; o despedir-se, ainda em riste e pleno de consciência de um mundo que apenas lhe causou dor e desterro. Se ele era incapaz de agir de forma escorreita diante das vicissitudes da vida, por que então a inteligência criadora não o poupou de tamanha dor? Por que não fez como o bom pai que afasta a mão do filho inocente da chama ardente que tenta afagar? Que a vida era uma experiência de expiação diante de pecados que, se cometemos, não temos bem ciência, a experiência em si mesma diante do duro chão da matéria o convencia disso. Que deveria haver algum propósito espiritual diante de tamanha desolação também sabia. Porém, não conseguia atinar por que não se faz como os bons professores, que pela profunda teorização e práticas controladas ensinam aos pilotos a voar sem precisar sofrer as refregas fatais da queda da aeronave, que formam médicos sem que esses matem seus pacientes, que capacitam os jovens engenheiros a edificar construções sem que as primeiras delas arruínem em colapso.

Efetivamente, concluiu Miguel, era preciso renascer. Porém, para isso primeiro necessitaria morrer. Ou da morte simbólica, menor que a do corpo, mas ainda assim suficientemente profunda para permitir algum esperançoso recomeço, ou da morte completa, que exigisse a separação da matéria. Nem sabia bem qual delas lhe pareceria mais fria e dolorosa. Compreendia, sim, a inevitável necessidade de se entregar inteiramente à irmã morte, com desassombro, sem precisar pensar no que lhe poderia vir depois.

Assim, embrenhado na mais profunda solidão, outra vez morreu Miguel e decidiu que o lobo renasceria sozinho e seria feliz na vida nômade, solitária, mas também profunda, cheia de teias que se faziam, desfaziam e refaziam novamente. A solidão também tinha bons frutos, descobertas sóbrias e firmes. A paz e a serenidade são fruto do silêncio da solidão. Só no silêncio ouvimos Deus.

No final, tanto para a morte física quanto para a simbólica, o fim deveria ser em prol de um recomeço. Seria sempre a vida o que buscava, porque só o que existia, seja na matéria seja fora dela, sempre era a vida. A morte não é nada em si mesma senão o necessário rito de passagem em direção ao recomeço, que é a própria vida remoçada em seus propósitos. Mas, para destruir aquele sentimento devassador e inquietante que o atormentava, trazendo à tona a paz que há pelo menos cinquenta anos buscava, teria que enfrentar a escuridão do umbral; o rito de passagem entre uma e outra vida a que chamam por morte.

A esperança de que a sua angústia estaria próxima do seu termo o encheu de contentamento interior, porque a ideia de um fim de alguma maneira emprestava certo sentido a todo o seu padecimento. Mesmo sem compreender bem as razões, parecia-lhe agora que tudo aquilo viera em vista de algum propósito maior que ele mesmo.

Quando ela veio

I

Todo renascer é cheio de vazios. Há o vazio das promessas, do que está por vir, da esperança, das alegrias e das incertezas dos desassossegos. Sempre haverá desassossegos. Mas também há o vazio do esquecimento, da certeza de que existe algo que se foi, embora não se saiba bem de que se trate ou como tenha se dado. Ainda assim, esse vazio remete a sentimentos bons ou maus, mas sempre convictos de que aconteceram suficientes coisas e de intensidade tão firme, porque somente assim aquele sentimento se permitiria aflorar na essência tão profunda do ser.

Com Tereza foi assim. Não é possível precisar como ela chegou, porque apenas, de forma arrebatadora e cheia de névoas, ela veio. Foi exatamente no dia em que Miguel decidiu se arredar de tudo. Abrir mão do sonho tão acalantado de não ser mais solitário. Companheira, amor, união na firmeza, mergulhar sem medo no mais fundo do outro somente conduziu à dor, à desilusão e à morte. Exatamente quando a solidão se descobriu o melhor dos lugares, porque somente ali se poderia contemplar a paz infinita do universo, mesmo que a distância, foi exatamente no instante dessa convicção suprema que tudo ruiu.

Se antigamente as amantes se anunciavam em bilhetes misteriosos, personificados pelo perfume da remetente e a exigir a disciplinar paciência necessária às idas e vindas das cartas de amor, dos nomes não revelados, dos encontros secretos, o agora se impõe pelas comunicações digitais permitidas pelas redes sociais. É bem mais fácil ser anônimo e misterioso nesse meio, inclusive porque tudo lá cheira a fumaça e mentiras desassombradas. Ali transmuda-se tudo. Nomes, faces, gostos. Há personagens interessantes e tenebrosos circulando pelas trocas de dados digitais.

E dessa forma Tereza veio, enviando um convite e em seguida se apresentando, demonstrando conhecer e gostar do que o outro produzia. Era alguém que aparentemente se interessava pelas mesmas coisas que ele. Mulher culta, inteligente e bem resolvida. Queria conhecer alguém que lhe parecesse confiável e disposto a compartir os mesmos interesses, tal qual Miguel também, até o instante da convicção de que tudo aquilo somente poderia conduzir ao desterro. Mas e haverá, afinal, algo mais doce e convidativo que o desterro?

II

A pretensão dele naquele dia era a de aquietar-se, mergulhar no mais fundo que pudesse de si mesmo e ali ficar em estado reflexivo por indeterminado tempo. Aguardando nem sabia bem o quê. Buscando nada, mas ao mesmo tempo vivenciando algum tipo de segurança e estabilidade, sentimentos tão próprios da solitude. O estar só era o elemento essencial para aquele estado.

Foi exatamente quando se preparava para o mergulho que chegou a notificação de um novo pedido de amizade. De alguma maneira ele sabia que não era mais um entre tantos, assim como compreendeu intuitivamente os riscos que se apresentavam por meio tão singelo e sutil. Mesmo assim, mesmo fora de hora, aceitou e não tardou a chegar a primeira correspondência. Oi, dizia a desconhecida, já li alguns de seus livros e admiro seu estilo. Sou estudante de Letras e gostaria de te conhecer melhor. Moro perto, embora esteja em rápida viagem. Talvez daqui a duas semanas esteja de volta. Porém, vou logo adiantando que não me interesso por encontros furtivos. Desejo um companheiro.

O amor, refletiu Miguel quando tempos depois pôde observar à distância esses primeiros acontecimentos, é definitivamente um sentimento irracional. Talvez mesmo jamais tenha se tratado de amor aquele sentimento. Mais certo seria chamá-lo de carência. As armadilhas foram plantadas de maneira direta, sem qualquer reserva. Somente um tolo apaixonado poderia não as enxergar. Mas é que quanto mais convicto se afirmava Miguel, mais frágil era seu estado interior. Dizer que daquela vez mergulharia em definitivo no estado de solitude jamais foi mais que a fuga da inevitável dor da perda que vem com o final de um ciclo. Manter-se quieto era a melhor forma de não sofrer, porque o que desejava era mergulhar de novo, de novo e de novo no coração de outra mulher e dela viver as mais intensas emoções, por mais fugazes que fossem, mesmo sabendo que depois viria o vazio e a tristeza de antes, talvez até mais ampliadas.

Miguel conhecia o princípio hermético do ritmo e por isso sabia que a mesma intensidade da entrega seria a da dor decorrente dela. Era da dor, não da entrega que fugia. Por isso se pôs tão desarmado às evidentes armadilhas lançadas pela desconhecida. Por mais que afirmasse o contrário para si mesmo, verdade é que ele queria, sim, ser encontrado, seduzido e se permitiria sem qualquer resistência se entregar às doçuras do encanto que se lhe apresentava. Era como uma lebre que destemidamente corria para as presas da raposa, seduzida pela beleza de sua pelagem, pela fixes de seus olhos e pela doçura de sua voz.

Principalmente quando a promessa enrustida nas palavras era de uma história encantada, cheia de hormônios revitalizadores, de carícias reconfortantes e de companhia inarredável.

III

Enquanto não existia, aquela companhia era absolutamente desnecessária. Sem ela, seria possível se percorrer toda a caminhada de uma vida inteira, sem qualquer saudade e nenhum sentimento de vazio. Quando a companhia se apresentou, no entanto, tudo mudou, pois desde o início passou a ser imprescindível, tão única e insubstituível quanto o ar que respiramos.

No fundo, Tereza queria apenas experimentar o novo. Colocou-se no lugar de guardar reservas, aguardando conhecer melhor aquele desconhecido. Exatamente por ser ela a caçadora, compreendia ser sensato analisar melhor as palavras e reações do outro, por mais doce e encantadora que se demonstrassem a intensidade da entrega e o galanteio dos gestos. Realmente, para ela seria bem fácil ter se apaixonado por Miguel, inclusive porque mesmo antes de contatá-lo já o desejava na condição daquela projeção de perfeição que os amantes sempre remetem a seus amados. Mas a sensatez advinda das experiências passadas a fez ser prudente, embora sempre sincera. Foi exatamente isso que a salvou da dor maior.

Já o pobre Miguel foi imprudente e baixou a guarda desde o primeiro lance de empatia. Pareceu-lhe divino ter sido encontrado por uma interessada, o que era razão suficiente em si para tornar inédita aquela história. Como o elemento comum a todas as histórias anteriores era o fato de que a iniciativa sempre partiu dele, imaginou que o ineditismo dessa vez o salvaria do final comum e trágico de todas as outras vezes. Assim, iludido por sua própria superstição, mergulhou sem qualquer pudor.

Os primeiros dias foram doces e constantes. Das superficialidades das primeiras conversas, logo passaram a assuntos mais desafiadores. Falaram de literatura, dos propósitos da vida, das diferentes crenças em Deus. Ela se mostrou preocupada porque lhe pareciam bem pobres seus conhecimentos sobre misticismo e por isso temia ser desinteressante ao outro essa sua condição. Chegou a indagar se ele aceitaria viver com uma mulher crente na Energia criadora, mas leiga em suas minudências. Deixava, com argumentos dessa sutileza, plantada a promessa de um futuro a dois, o que o encantava ainda muito mais que o convite direto e claro.

IV

    Olhando de longe, fica patente a inevitabilidade dos sentimentos que floresceram daquelas conversas; do apego recíproco que surgiu entre os dois. A princípio sem imagens. Todas as cores e formas eram projetadas na mente, criação mais originária de si próprio. Miguel estava em clara desvantagem, pois, à medida que ela muito sabia a seu respeito, tendo conhecimento de algumas passagens de sua vida pública, ele nada conhecia sobre ela. Nem seu rosto lhe foi mostrado com clareza, pois o perfil apresentava uma mulher de corpo inteiro fotografada a certa distância. Era uma mulher bonita, mas havia poucos detalhes a serem apreciados.

    Naturalmente Miguel se perguntou se realmente aquele rosto correspondia ao da pessoa que o encantava pela empatia de gostos e pretensões. Mas era um risco que precisava ser corrido para poder vir a ser desvendado. A outra opção era se abster das conversas e ficar para o resto da vida preso no encantamento daquela esfumaçada personagem virtual.

    A literatura, especialmente a poesia, não lhe permitiria jamais abandonar tão rapidamente aquela promessa. Falando sobre autores de que gostavam, quase sem perceber estavam debatendo sobre Tolstói, Dostoiévski e Victor Hugo. Ela achou desafiador encarar as mais de mil páginas de *Os miseráveis*. Ele falou da carta de Mário a Cosette, a mais bela carta de amor que se poderia ter escrito, afirmou. Ela retrucou que a conhecia, mas achava um tanto melancólica, quem sabe até mórbida. Deveria ter sido para ele um alerta de que aquela mulher não estava apaixonada e entregue, porque do contrário não poderia existir poesia em prosa mais vibrante que a daquela carta. Para quem ama, não haverá jamais definição mais perfeita de amor que a contida nas palavras de Victor Hugo.

Mas, ao contrário, seguiu Miguel encantado e renovado pela profundidade dos sentimentos que aquela pessoa fazia aflorar no seu coração. Era impossível não fluir a mais pura e firme poesia para a cabeça e depois para a pena. Assim, o intervalo dos encontros virtuais era recheado por poeminhas. Fofos para quem estava enamorado. Talvez ridículos para o restante do mundo.

Como naquele dia em que a inspiração lhe disse:

O sol raiou. Pela vesga de luz que por primeiro surge, se prenuncia um futuro de descobertas tórridas e maravilhosas. Haverá dificuldades, anuncia, mas valerá a pena serem enfrentadas, pois há um tesouro de riqueza ímpar aguardando. Porque nada jamais será mais valioso que o cândido bater do coração da mulher amada. Aquela que de tão sonhada, desejada e aguardada pareceu que jamais apareceria em carne. Mas eis que a mente tem poder e simplesmente ela chegou. E veio arrebatando a certeza insana de que já havia experimentado todos os sentimentos. Porque é exatamente o oposto, ensina a clara luz solar. Tudo o que foi vivido até aqui foi apenas a preparação para o turbilhão do novo a que conduzirá o tesouro achado, conclui o luminoso raio em despedida, com pressa, já rumando na direção do infinito.

Era bem esse o sentimento que os encontros lhe despertavam. De um novo, mas não de um novo qualquer, pois na verdade era um novo cheio de promessas de tardes calmas a contemplar o pôr do sol, de manhãs plácidas e preguiçosas a serem vividas a dois e de noites tórridas e cheias de gemidos prazerosos. Havia, sobretudo, a promessa de que aquela mulher lhe traria a calma de espírito que sempre desejou, assim como a esperança de que ele decidiria querer ficar pela única vez entre tantas já, ele desejaria ficar para sempre nos braços da etérea Tereza.

Será você meu sol de verão?
Em que serenos repousarão
Amálgama d'amor, poder, ação?

E quanto mais lhe instigava a poesia, mais dócil e pronto para mergulhar no encantador universo da paixão de dois e do amor romântico ele estava. Sem qualquer receio quanto aos perigos que aquele tipo de relação construída inteiramente na base da confiança na palavra do outro, na qual era quase impossível se aferir a realidade da versão alheia. Mesmo não sendo ingênuo, verdade é que Miguel foi um tolo.

Aqui, com o coração cheio de poesia. Há infinitos versos que me estão brotando na mente. Todos e cada um deles dedicados a você.
Que nome dar a esse sentimento? Ah, você sabe...

E assim, ele se viu amando, sem saber quem nem ao que entregava graciosamente tão firme sentimento, mesmo sabendo que tantos e melhores espíritos mereceram mais que Tereza o tesouro de infinitos sentimentos que repousam em seu coração.

V

 Não se pode dizer que ela não se encantou também. Dentro dela, algo havia que a conduzia a uma busca irracional, talvez insana, em busca de um alguém certo, porém para ela indeterminado. Uma memória, cuja origem desconhecia, a conduzia a essa caçada em busca de um sentimento etéreo no qual acreditava, mas do qual não conhecia o conteúdo. Era daí que nascia o medo que pouco a pouco a foi povoando e aniquilando. Mas, ao mesmo tempo que temia, também acreditava na existência de almas gêmeas, por mais boba que lhe parecesse, às vezes, essa ideia.

 Era na poesia que encontrava a maior firmeza e a melhor esperança, afinal, é das entranhas mais profundas da alma que repousam essas memórias de origem desconhecida e existência incerta. Cecília Meireles bem definiu o turbilhão de emoções que a encandeou naqueles dias, às vezes pondo-a à beira do precipício, pronta para mergulhar naquele amor que a atiçava, outras vezes a demovendo a fugir dele. Enquanto ele escrevia seus próprios versos, ela se valia de outros autores, mas que representavam com perfeição seus sentimentos, tais como esses:

Se desmorono ou se edifico,
se permaneço ou me desfaço,
— não sei, não sei. Não sei se fico
ou passo.

Sei que canto. E a canção é tudo.
Tem sangue eterno a asa ritmada.
E um dia sei que estarei mudo:
— mais nada.[12]

---
[12] MEIRELES, Cecília. Motivo.

Após um longo período de ausência e depois de pedir arrependidas desculpas, Tereza o presenteou com um outro poema, também de Cecília Meireles, que melhor ainda definia seu estado emocional diante de tamanho abalo:

Ando à procura de espaço
para o desenho da vida.
Em números me embaraço
e perco sempre a medida.
Se penso encontrar saída,
em vez de abrir um compasso,
protejo-me num abraço
e gero uma despedida.

Se volto sobre meu passo,
é distância perdida.

Meu coração, coisa de aço,
começa a achar um cansaço
esta procura de espaço
para o desenho da vida.
Já por exausta e descrida
não me animo a um breve traço:
— saudosa do que não faço,
— do que faço, arrependida.[13]

Mas também havia os momentos de entrega incondicional, em que tudo o que precisava era da certeza de que ele existia e a desejava tanto quanto ela a ele:

---
[13] MEIRELES, Cecília. Canção excêntrica.

Quando penso em você, fecho os olhos de saudade
Tenho tido muita coisa, menos a felicidade[14]

Era dessa vontade que nascia a libido. Ela teve cálidos sonhos com a intimidade que poderiam ter. Uma quimera, um simples desejo, mas que naquela onírica realidade era mais real que o gozo físico. Foi depois de um desses sonhos torrentes que ela o presenteou com um poema de Carlos Drummond de Andrade:

A língua lambe as pétalas vermelhas
da rosa pluriaberta; a língua lavra
certo oculto botão, e vai tecendo
lépidas variações de leves ritmos.

E lambe, lambilonga, lambilenta,
a licorina gruta cabeluda,
e, quanto mais lambente, mais ativa,
atinge o céu do céu, entre gemidos,

entre gritos, balidos e rugidos
de leões na floresta, enfurecidos.[15]

Embora tomando todas as precauções para não se deixar revelar e não se permitir riscos sentimentais, ela ficou tão refém daquele amor inesperado quanto o próprio Miguel.

---

[14] MEIRELES, Cecília. FAGNER, Raimundo. Canteiros.
[15] ANDRADE, Carlos Drumont. A língua lambe.

VI

Há o primeiro princípio hermético que ensina que o universo é mental, dando conta de que todas as coisas do mundo material são ilusórias. São as imperfeições de nossos sentidos físicos que nos alimentam a ilusão de que as coisas que tocamos, apalpamos, cheiramos e degustamos são reais. Imagine então o que não seria o mundo virtual.

O que das coisas que acessamos pela rede mundial de computadores seria real? Absolutamente nada. Não são reais as faces, os corpos e os lugares com que nos deparamos, porque são maquiagens produzidas tanto pelos milhares de filtros e pelos milhões de pixels que demonstram detalhes das coisas invisíveis aos olhos nus, quanto pelas máscaras que as pessoas vestem nas suas interações. Tudo, enfim, na internet é falso, sejam as aparências, sejam as essências.

Com o passar dos dias, a superficialidade da mentira começou a ficar clara para Miguel. A toda evidência não poderia ser verdadeiro tudo que afirmava aquela mulher. O mistério da sutileza com que colocava as coisas deixava ainda mais exposta a inverdade. Como seria a face daquela pessoa? Que interesses, afinal, teria com aqueles contatos? O que pensaria de verdade a respeito do que tanto conversavam?

Havia instantes de intensa cumplicidade e troca, nos quais tudo parecia de verdade. Não haveria como duvidar serem verdadeiras as conversas, as impressões e as interações porque intensidade tão grande não se pode inventar. O coração dele é quem atestava existir sim uma mulher sensível e disposta à entrega do amor. Contudo, as ausências impregnavam tudo de vazio, do não ser. Quando o aplicativo passava longas horas mudo, sem resposta às interações, então naquele tempo era nada o que existia. Não havia mulher alguma do outro lado, era como um fantasma a assombrar pelo desejo de ser o que da matéria e dos sentimentos não era.

Era nos momentos de ausência que vinham as dúvidas. Quem, de fato, existiria por detrás do encantamento da aparência pueril? Um golpista? Um vingador? Um aventureiro? Não sabia, embora compreendesse que aquela pessoa era real e ao mesmo tempo ilusória.

Passou toda uma noite em claro refletindo sobre o significado daquele mistério. Foi à Bíblia e aleatoriamente localizou a carta de Paulo aos Coríntios, em que o apóstolo ensina que sem a caridade nada vale. Entendeu por isso que a chave para compreender e se sair daquela perigosa armadilha seria a da caridade, pois, embora não compreendesse as razões para o engodo, intuía que era seu dever devolver ao que quer que fosse com o bem. Pela caridade.

Ainda na madrugada enviou a Tereza a resposta sincera à pergunta que não fora feita até então:

Que faria ante a deslealdade?
Eu, entregaria por inteiro
Sem um pingo de receio
Maior tesouro: pura verdade.

Que daria diante do medo?
Me postaria firme
De certeza em riste:
Só amor vence todo degredo.

Não há mistério que resista
À leveza da sinceridade:
A tudo a honestidade assista

Pois maior que a insinceridade
Sempre o amor não nos permita
Nenhum tipo de deslealdade.

Aquele era um canto em que, por meio da sutileza da linguagem poética, ele para ela dizia que somente pela verdade o amor resistiria à iniquidade do mundo. Aquilo que começa pela mentira jamais terá firmeza suficiente para se concluir com alegria e bonança e que, portanto, o único caminho que ela poderia trilhar que fosse capaz de uni-los de fato seria pela verdade pura e direta. Todas as demais opções os afastariam para sempre.

E, de fato, foi o que se deu.

VII

Milan Kundera conta, em sua poética obra *A insustentável leveza do ser*, quais foram as razões que levaram Tomas a se apaixonar por Tereza. Ele era dado a relacionamentos curtos e superficiais até o dia em que Tereza adoeceu durante um dos seus encontros. Foi a necessidade de ela receber cuidados e a presteza dele em lhos dar o que afinal os uniu. Ele se apaixonou pela consciência de que havia outro ser que necessitava dele, de quem prescindia para continuar existindo.

O amor romântico em regra se forma a partir da fragilidade de um e da suposta capacidade do outro em supri-la. Miguel se encantou, afinal, foi pela necessidade de sua Tereza de querer e buscar corajosamente um companheiro, alguém para dividir a existência. Ela acreditava em almas gêmeas e pediu a ele que lhe reservasse um presente para o primeiro encontro do casal. Queria que fosse um livro.

Logo de cara, veio à mente dele Dostoiévski, especialmente uma pequena novela desse autor, que consta entre suas primeiras obras, *Noites brancas*, na qual se conta uma história de amor inesperada, avassaladora e, talvez por isso mesmo, malsucedida. Mesmo não sendo o presente apropriado para os intentos almejados, foi a isso que o conduziu a intuição, talvez já num mau presságio do que se estaria por dar. Nástienka, a personagem da novela, esperou por quatro noites o seu amado. Ciente de que ele não mais viria, resolveu se entregar ao seu confidente, que avassalado pelo amor irracional, passivamente a aceita. No exato instante em que começam a construir os primeiros planos em comum, eis que surge o rival a quem ainda mais passivamente a mulher se entrega.

A que entregas não se estaria dedicando Tereza durante as ausências e verdades meias e maquiadas? Essa pergunta não lhe desocupava a mente e ele teve de fazê-la.

A revelação desmistifica retira os véus e joga luz sobre uma verdade que em regra é mais pueril, singela e pobre que as impressões compostas pela imaginação. Foi assim que apareceu uma mulher jovem e bela, porém insegura e traumatizada, cheia de mágoas que se escondia na máscara das falsas aparências porque assim sempre teria uma rota de fuga fácil e instantânea. Bastaria desativar a conta do aplicativo e talvez jamais seria localizada por quem o pretendesse. Era apenas uma menina irresponsável e desejosa por amar, mas ao mesmo tempo com medo da entrega.

Alguém tão frágil e dócil, que exatamente por essas qualidades seria merecedora do amor mais firme, pronto e estável. Da mesma forma que Tomas amou Tereza no romance de Kundera, Miguel também amou a sua personagem, aquela que venturosamente o encontrou pelas redes sociais.

Mas era preciso seguir com a verdade. E Tereza não estava preparada para isso. A vida lhe parecia dura demais para tanto.

VIII

Como ensina o léxico, virtual é aquilo que existe somente em potência, sem efeito real. Assim Miguel poderia definir com perfeição aquela história de amor, que bem ao contrário de ser inédita e improvável é uma das marcas mais indeléveis e trágicas da pós-modernidade; mais uma prova do fracasso do humanismo como visão cosmopolita do mundo.

Tudo naquela história de amor era esfumaçante. De início misterioso porque irrevelado. Porém, mesmo depois de apresentado, seguia insondável porque se ia apagando. Primeiro as palavras, especialmente os sentimentos revelados e as promessas efetuadas iam sumindo. Tanto porque os textos mais antigos das conversas iam se tornando distantes, quase que fisicamente, mas também porque iam sendo apagados por Tereza. Era como se as promessas de amor, fidelidade e constância não fossem sérias ou, quem sabe, por causa de arrependimento. O fato é que, corregendo as palavras trocadas ao curso de pouco mais de uma quinzena, Miguel percebeu desolado que as orações mais marcantes haviam sido suprimidas do diálogo, como se jamais houvessem sido ditas. Não fosse a fortaleza da memória, ainda sã, pareceria a Miguel terem sido devaneios sórdidos tudo aquilo.

Os véus que foram descobertos aos poucos e mediante rigorosa cautela logo foram repostos, aumentando ainda mais o ar de irrealidade e ausência de lucidez e verdade que impregnou tudo naquela insólita história. Ao final, restou uma carta de amor que jamais foi entregue à sua destinatária porque fora escrita para o virtual; o que é promessa de ser, mas de fato não existe:

Eis aqui grafada a epístola que não pretendo jamais entregar. Afinal de contas, todas as cartas de amor são ridículas, já dizia nosso velho Fernando Pessoa.

Você surgiu. Simplesmente, do nada surgiu. Uma armadilha, um fantasma ou um recomeço? O que poderia significar aquele acaso, logo para quem desde tão cedo descobriu que acasos não existem?

Tudo aquilo que construí mentalmente poderia ser simples ilusão. Como foram tantas outras. Mas ainda assim meu coração se regozijou pela simples esperança de ser aquela criação mental verdadeira. Finalmente! Porém, porque diferente de todos os fracassos, dessa vez fui encontrado.

Assim, tudo pareceu verdadeiro. Você existia. Não me parecia uma personagem criada para o engano. Até as armadilhas da sensualidade me pareceram sinceras e espontâneas. Autenticidades de uma mulher espontânea e verdadeira, que entregava graciosamente sua intimidade mais fogosa ao seu macho, com a naturalidade de que era tudo dali para sempre. Como não se apaixonar por entrega tão pura e sacana ao mesmo tempo?

Os dias iam passando e um arremedo de rotina se desenhava. Você desaparecia e de repente, sempre de repente, ressurgia cheia de explicações, amor, desejos, planos e muita volúpia.

Em tuas ausências reparava tuas contradições, indícios de inverdades e uma dúvida elementar: qual é a razão de tamanha enganação? Na tua presença, sentia a vivificação de um desejo que trago de antes mesmo de nascer. Uma vontade de cuidar, mas também de trocar e receber, como tem que ser o amor entre companheiros.

Além da incerteza entre o que significaria aquele encontro, há a luta intestina entre o lobo e o homem da qual fala Hesse em sua obra. Ela em mim é profunda e inconciliável. E em você depositei a esperança de resolver esse cansativo drama de repetidas vidas.

Mas, e quem é você?

Assim foram-se passando os dias, fazendo correr a rotina, repetir o ciclo, ampliar o mistério, o encantamento e a desconfiança. Até que a ausência foi mais prolongada. Quase dois dias de absoluto silêncio. Que imaginar senão prenúncios de algo terrível, armadilha do acaso?

Negra noite da alma se anunciaria?

As explicações vieram tardias e lacônicas, com um pedido de perdão direto, singelo, que por isso mesmo pareceu verdadeiro. Quem se revelou dali foi uma mulher, com a natureza que todas as mulheres têm e com as peculiaridades únicas que cada uma delas exclusivamente possui.

Mas e o que mesmo poderia encontrar em uma mulher senão a alma e os sentidos infinitos de uma mulher? Sim, verdade que com defeitos tal qual as mulheres e mesmo os humanos todos do mundo inteiro.

Nada disso, afinal, é importante. Onde quer que estejamos, nós, pobres humanos, só poderemos encontrar razões e propósitos humanos. Mesmo assim, há os que despertam sentimentos únicos. Era exatamente esse o caso, de maneira que nada mais importava senão o desejo de ficar e aprofundar as raízes na fértil terra da esperançosa quimera.

Nas verdades que descobri, vi desejo, entrega, companheirismo. Nas mentiras, enxerguei medo e fuga. Tal qual são todas as mulheres. Do mesmo jeito que são todos os seres humanos. No final de tudo a questão é: quanto dos teus defeitos não tenho eu em mim mesmo?

Foi uma horrível desgraça teu esfumaçamento definitivo; a descoberta de que aquelas tantas esperanças eram mais uma entre outras, uma amarga ilusão.

E assim, bem aos poucos, os dias foram fluindo devagar, cheios de pontudas agulhadas de saudade, repletos de dor pela insólita perda do que nunca existiu, porque, ao mesmo tempo que aquela mulher nunca fora da realidade, os sentimentos despertados pelos encontros virtuais foram tão pulsantes e atrativos como jamais houveram sido antes. Mas a ausência definitiva de notícias fora impondo novas rotinas e daí um natural afastamento do turbilhão de sensações que aquelas lembranças sempre causarão.

E de vez em quando Miguel se pegava diante da dor dessa saudade que, mesmo virtual e impossível, é a mais real dentre todas as saudades que o habitam.

Dali a quinze dias, reparou Miguel, seria seu aniversário de cinquenta anos.

IX

Ela gosta da beleza do mar, se perde no tempo e no espaço quando lhe é possível sentar e contemplar a imensidão quase infinita do oceano. Gosta de passeios, embora não tenha tanta disposição para grandes caminhadas. É de passar os dias em casa, imersa em leituras e sonhos. É pela literatura que se liberta das amarras da rotina diária.

Quando sumia e, ao retornar, percebia a preocupação do outro, se arrependia do que fizera. Pedia sinceras desculpas, mas voltava a repetir as mesmas ações. Sentia amor e acolhimento e desejava de verdade tudo aquilo, mas o seu real intento, quando provocou os encontros virtuais, era o de viver uma aventura. Explorar as possibilidades de se envolver com outro homem sem a necessidade de se revelar totalmente. O anonimato a protegeria das dores dos desencontros e do sofrimento de vir a ser abandonada, só que não existem sentimentos anônimos, eles sempre partem de alguém. E o sentimento de amor que ela recebia e sentia a fazia querer ficar, por mais perigoso às suas emoções que a intensidade recebida a envolvesse mais e mais. Dali a pouco, ela mesma não conseguiria mais recuar. As lembranças dos sofrimentos pretéritos a faziam ter medo.

A primeira vez que o viu, foi a distância, mas algo misterioso lhe chamou a atenção naquele homem. Por meio de pessoas conhecidas, descobriu de quem se tratava e logo já sabia seu nome e o que constava em suas redes sociais. Era alguém ligado às artes, que gostava de poesia e aparentava bastante cultura. Ela sempre foi fascinada por pessoas assim. Como não teria coragem de se apresentar pessoalmente, urdiu seu plano.

Foi essa curiosidade essencial que a levou a buscar contato virtual. Com um nome falso e por meio de uma conta fantasma.

Era para ser uma aventura, em que poderia trocar conversas e, quem sabe, até alguma intimidade com aquele homem que a fascinava. Acontece que ele era ainda mais interessante do que se aparentava à primeira vista. Se dizia interessado em relacionamentos profundos e monogâmicos, demonstrava que conhecia coisas da vida desconhecida da maioria das pessoas. E isso lhe causou temor, porque se conhecia o suficiente para ter certeza de que um amor como aquele a arrasaria para sempre. Jamais seria capaz de se recuperar de tamanhos sentimentos.

Por isso que, mesmo encantada com as ofertas sentimentais daquele homem, teve medo e fugiu. Mas nada fez por mal. Eram as reservas necessárias de uma mulher que já havia sofrido muito por amor que a impediram de mergulhar inteira naquela promitente história. Não eram mentiras o que contava, mas temores que a impediam de se revelar por inteiro, afinal, as promessas eram tão grandiosas que seria ingênuo acreditar cegamente nelas. Somente convivendo se poderá conhecer de verdade o sentimento do outro. Ela precisava ser pé no chão, afinal. No passado ela costumava acelerar demais as coisas e isso sempre a levou ao sofrimento. Era preciso encontrar um equilíbrio, pois não poderia ser nem boba nem fria, mas o fato é que se perdeu, não conseguiu fazer isso e, quando perdeu o controle dos sentimentos, o medo a fez fugir. Pura e covardemente, fugir.

O medo que tinha de se revelar era o de ser usada. Certamente ele a levaria para sair uma vez, conversariam e fariam amor. Mas aí, pronto. Nunca mais. A simples possibilidade desse acontecimento a transtornava profundamente. E o medo da decepção a conduziu até a própria decepção. Mesmo assim algo dizia a ela que Miguel era uma pessoa boa. Mas não importava, o medo era sempre mais irresistível.

Era medo, mas nunca foi brincadeira.